もしもし、アッコちゃん？

―漫画と電話とチキン南蛮―

東村アキコ

光文社

もしもし、
アッコちゃん？

―漫画と電話とチキン南蛮―

東村アキコ

光文社

まえがき

私の人生にはずっと漫画があった。そしてもうひとつ……電話があった。

まえがき

昭和50年10月生まれの私は今47歳。漫画家になって24年になります。

私が漫画を読み始めて40年くらい経《た》ったとして……その40年の間に漫画の世界は様変わりしました。

しかしそんな漫画の比ではなく、この40年でもっと激変したものがあります。

電話です。

電話がこんなことになるとは思いませんでした。

電話がカメラやテレビになるとは思いませんでした。電話がパソコンの代わりになるとは思いませんでした。そして、漫画を電話で読む日が来るとは、本当に夢にも……夢にも思いませんでした。

このエッセイは、漫画が大好きで漫画家を目指してしまった子供の頃の私と、私の人生の転換期に常につきまとった「電話」というコミュニケーションツールの物語です。

目次

5
さらに転校、南国パラダイス宮崎に辿り着く

思えば電話にまみれて生きてきた

7

電話で漫画を読む時代

装丁・本文デザイン　ツノッチデザイン

1　電話局ファミリーのお絵描き好きな長女明子

電話一族に生まれて

私は昭和50年10月15日に、宮崎県串間《くしま》市の小さな個人病院で生まれました。母の伸子《のぶこ》が里帰り出産したので串間市なのですが、家は宮崎県の都城《みやこのじょう》市にありました。

父の健一《けんいち》は当時でいう電電公社に勤めるサラリーマンで、都城市の生まれ。母は鹿児島県の志布志《しぶし》市の出身で、都城弁と鹿児島弁が飛び交う家で育ちました。

父が電電公社に勤めていたせいか、家にはやたら電話がありました。黒電話が数台、ピンク電話、赤電話……。どの家庭も床の間にはお軸や壺が飾ってあるものですが、うちはなぜか床の間に電話がずらっと並べてありました。

父がコレクションしていたらしいのですが、遊びに来た友達には「明子ちゃんちはなんでこげん電話があっと!?」と、毎度驚かれていました。


電電公社……NTTの前身である「日本電信電話公社」、通称〝電電公社〟

都城市の自宅にて両親と。生後まもなく

同じく生後５カ月の頃

は、１９５２年８月に設立。１９８５年４月に民営化され、「日本電信電話株式会社」（略称ＮＴＴ）となる。その後、組織内での再編を経て、現在のＮＴＴグループとなる。

黒電話・ピンク電話・赤電話……当時の電話機の俗称。黒電話は一般電話加入者に、ピンク電話、赤電話は公衆電話として利用された。俗称はいずれも筐体《きょうたい》の色に由来する。

人生最初の漫画で親戚の笑いをとる

私が漫画を描いた最初の記憶からお話ししますと、私が４歳か５歳の頃、都城の祖母の家で、こたつに座っている祖母の後ろ姿をチラシの裏に鉛筆で描いたんです。おばあちゃんはいつも着物で髪をお団子にまとめていて、その様子をなんとなく、後ろからそのままスケッチするようにしたのです。頭を丸く描いて、その中にもう一つ丸を描きました。

すると、それを見た両親と伯母たちが、爆笑したのです。バカウケでした。「見て！　このおばあちゃんの頭！　丸二つで表現してる！」

みんな大笑いしている横で、幼心に「なんかすごくウケてるな」と、嬉《うれ》しく思ったのを覚えています。

コマを割って漫画を描いたわけではないけれど、みんながウケる面白い瞬間を描いた、という感覚が、今、私がやっている「漫画を描いてみんなを笑わせる」という仕事につながっている気がします。今でもはっきり憶えている、私の最初の漫画体験（？）です。

私は5歳になり、宮崎市の電電公社の社宅に引っ越しました。そこからの記憶はたくさん残っています。

私は絵を描くのが好きな子供で、朝起きるとまず新聞の折り込みチラシをどさっと出して、裏が白いチラシを探してキープし、それにずっと絵を描いていました。

今なら両親に対して、我が子がそれだけ絵を描くのが好きなのだから、白い紙とか自由帳とか買ってやればいいのに……と思うのですが、あの時代は「とにかく無駄なものは買わない」という感じですから、白い紙は買ってもらえませんでした。よくある話だと、そういう不自由さが絵を描くガッツを育てたとか、チラシ裏に描いていたという貧しいエピソードがちょっといい話になりそうなんですが、私は「いや、白い紙が無限にあったらもっともっと上手くなってた」と思っています。

その頃は幼稚園児ですから、まだ漫画というものに触れていないので、とにかく身の回りにあるものやお花、概念としてのお姫様の絵を描いていました。誰でもそうですよね。そうなんです、私はいたって普通の、どこにでもいるただのお絵かきが好きな女の子でした。

ただ、いい子だったかというと、決してそうではなかったように思います。母はやたらと私に厳しかった記憶があるのですが、それは当時の私の素行が悪かったからなのでしょう。

私は野菜が嫌いで、特にサラダの生野菜が苦手で、毎日食事の時に、口に詰め込んでからトイレに行くふりをして、押し入れの奥に全部吐き出してました。ある日、それが見つかって至近距離で「なぜここにレタスをペッしたのか」と詰められた、それが母に怒られた最初の記憶です。

お風呂に入る時も、お風呂に入ったふりをして、湯船に浸からず体も洗わず、10分くらいじっとお風呂場でやり過ごして出て、あとで母が「石鹸《せっけん》も体を洗うタオルも濡《ぬ》れと

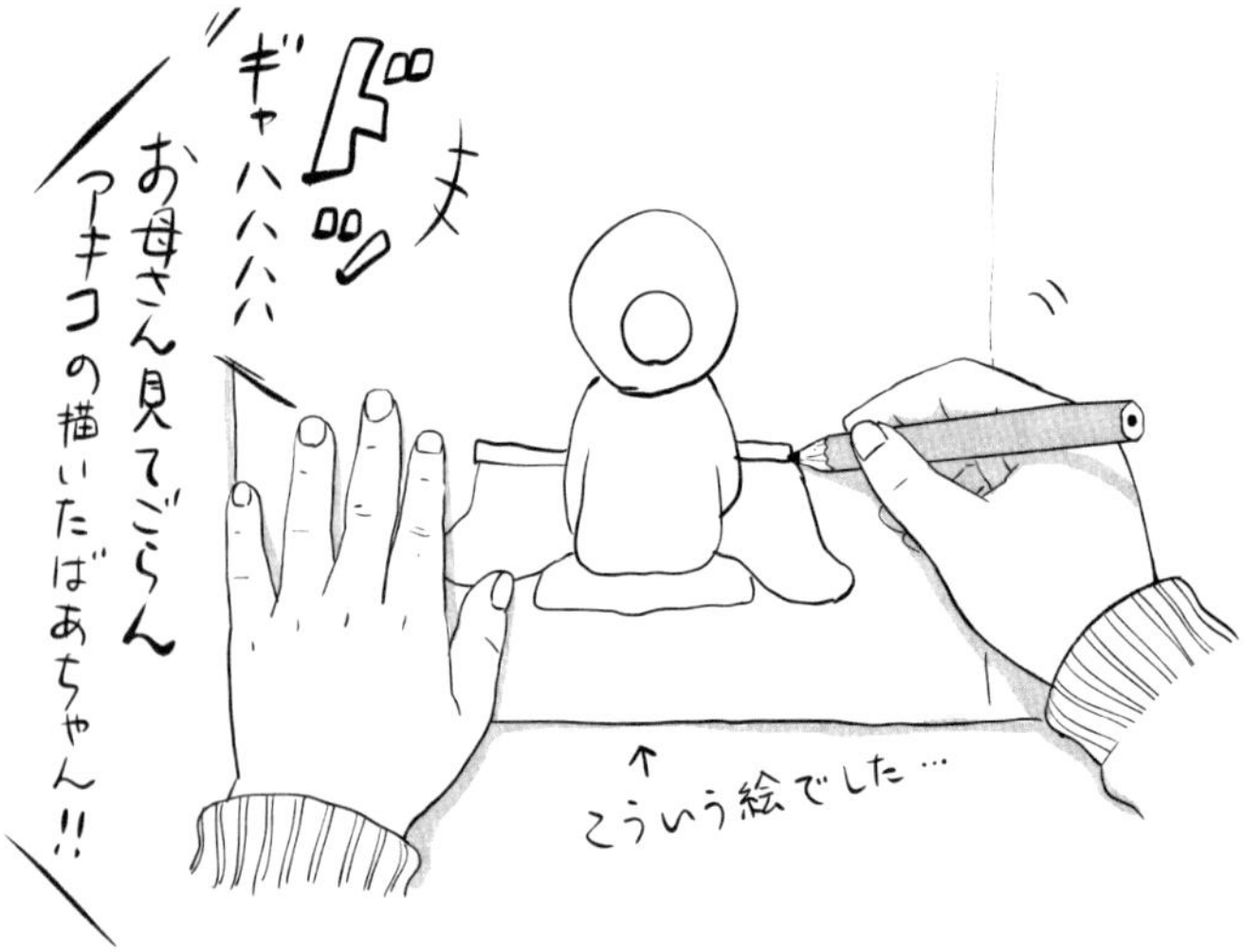
ドッ
ギャハハハハ
お母さん見てごらん
アキコの描いたばあちゃん!!
こういう絵でした…

らん！」と名探偵ばりに私の犯罪に気がつき、めちゃくちゃに怒られる、毎日そんな感じでした。

えみちゃんとの確執

その頃、同じ社宅にえみちゃんという女の子がいました。年齢は私の一つ下です。

えみちゃんは、タカラ（現タカラトミー）の「せんせい」という、砂鉄と磁石でボードに絵が描けるという、40代の方には懐かしいあのお絵かき用おもちゃを持っていました。当時、大流行していました。

白い紙ですら買い与えられない森《もり》家（あ、私の本名は森です）に、紙よりも高価なタカラの「せんせい」を買うなどという発想はなく、私は、えみちゃんの家に行ってそれを借りて絵を描くのを日々の楽しみにしていました。

タカラ「せんせい」……１９７７年発売の磁気お絵かきボード。手を汚さず、家の壁や床も汚さず、何度でも描いては消せるので、大人気となった。モデルチェンジと進化を重ね、現在もタカラトミーから発売されている。

しかし、このえみちゃん、顔は可愛い美少女なのにとにかく気が強い子で…（笑）、なかなか「せんせい」を貸してくれないんです。私が少し描いたら取り上げられ、いつもケンカになっていました。

ケンカといっても幼稚園に入る前の子たちのケンカですから、微笑《ほほえ》ましいものだと思われるかもしれませんが、普通に血を流すケンカでした。流血沙汰でした。

えみちゃんは、顔に似合わずめちゃくちゃ凶暴で、伸びた爪で私の顔を引っ掻《か》いてくるんです。私は何回も、顔を引っ掻かれて血を流し、大仁田《おおにた》厚《あつし》のような流血状態で泣きながら自宅に帰り、母親が「キャァア」と叫ぶ……。そんなことが何回もありました。

ちなみにその時の顔の傷は、私が中学生になるくらいまで残っていて、母はいつも私の顔を見るたびに、「ああ、あのときえみちゃんに引っ掻かれた傷がまだ残っちょる……」と落ち込んでいました。

そんな、顔にキャプテンハーロックみたいな傷を負いながらも、私は毎日えみちゃんの家にタカラの「せんせい」借りたさに通いました。

大仁田厚……電流が流れる有刺鉄線で囲われたリングで行うデスマッチで知られたプロレスラー。『宇宙海賊キャプテンハーロック』は、松本零士作の人気漫画の主人公。鼻から左目の下にかけて傷痕がある。

とにかく私は、「あの砂鉄で絵を描きたい！　消して描いて消して描いて、無限に絵が描きたい！」の一念で、どんなに痛い思いをしても、傷だらけになっても、えみちゃんちのインターホンを押し続けました。

……と、ここまで読んだ読者のみなさん、「お父さんお母さん…買ってやればいいのに……」って思われますよね。そうです。今思えば、うちのほうがおかしいんです。明らかにえみちゃんの家にご迷惑をかけていますし、娘がよその娘さんとケンカして血だらけで帰ってきているのに、タカラの「せんせい」を買おうとしない、うちのほうが悪かったと、今となっては私も大変反省しております。

えみちゃんにしてみれば、毎日毎日、「えみちゃん……タカラの『せんせい』貸して……」と顔が傷だらけの幼女がインターホン前に佇《たたず》んでる映像、怖かったと思います。

なんでしょうね、絵を描くこと、漫画を描くことって、私の両親も含め、世の中的にも軽く見られていた時代だった気がします。今だと、自分の子供が絵を描いたり漫画を描いていたら、親としては「この子は才能がある！　絵を習わせよう！」となると思うんですが、あの頃、漫画の社会的地位も今ほどは高くなかった時代ですし、子供が漫画のような絵を描いていたら「そんなもの描いてないで本を読みなさい！」と言われる時代でした。

宮崎市の電電公社（現 NTT）社宅にて。5歳の七五三の時、母と弟と。右端がえみちゃん

2　ノーパン喫茶とサンタクロース

実は私、幼稚園の頃は、父の転勤で熊本にも住んでいました。当時、電電公社は転勤がやたら多く、私は子供の頃、2年に1回は県をまたいで引っ越ししていました。

この、熊本市の幼稚園に通っていた頃の記憶ははっきり残っています。

幼稚園では大きなスケッチブックとクレヨンを与えられ、いくらでも絵を描いて良かったので、私はえみちゃんとの「流血タカラせんせい戦争」のことも忘れて、楽しく登園していました。

ノーパン喫茶事件

その頃、私の人生の中で、最大に母を怒らせる事件が発生しました。母がこれほど怒ったことは後にも先にもなく、間違いなく我が家の歴史上、ナンバーワンの怒られ事件です。

当時、幼稚園で、習字みたいな感じで半紙に四文字くらいの字を書く時間がありました。みんな「すごろく」とか「ひまわり」とかそういう言葉を書いていたのですが、私はなぜか、本当になんでか分からないのですが、その半紙に「ノーパンきっさ」と書いたのです。そのあとの記憶は、家で母に怒られているシーンです。それは今思い出しても身震いするくらいの私の恐怖の記憶です……。

母は大変取り乱していて、泣きながら、その「ノーパンきっさ」と書かれた半紙を左手に握って私を問い詰めてきます。

「あんた、これ、意味分かって書いたとね？　ノーパンって、どんな意味か分かっとると!?」（絶叫）

私は、人生初の母の怒りに、「ごめんなさいいいい」と泣きながら謝りました。

「ノーパン喫茶」……女性従業員が下着をつけずに給仕をする、喫茶店の形態を模した風俗店。上半身はほぼ裸、下半身はミニスカートのみというのが、ノーパン喫茶における一般的なスタイルだった。１９８０年前後の発祥とされる。

おそらく私は、テレビでノーパン喫茶のニュースを見たのだと思います。そして、なんとなくその言葉を書いたんでしょう。ウケ狙いの気持ちもあったのかもしれません。大人になってから母に聞いたところによると、その文字を見た幼稚園の先生が血相を変えてすぐ母に電話してきて、大問題になったそうです。真面目な母にとっては、人生最大級の辱めだったことでしょう。今、その時の母の心情を思えば、いたたまれないものがあります。

でもその一方で、先生も母も、真面目すぎるなあと思います。「子供のやることなんだから、そんなの笑ってやり過ごせばいいじゃん！」と、今の私だと思ってしまいますが（笑）。

熊本市の電電公社社宅の庭で。お祭りでもないのにこの格好をさせられ父が撮った一枚

あの時代は、とにかく女の子は女の子らしく、清楚に、清く正しく、みたいな考え方だったんでしょう。今みたいに、テレビで活躍する面白い女芸人さんなどもいなかったですし。そういう意味では、本当に今はいい時代になりましたね。

サンタクロース事件

幼稚園の時のもう一つの思い出は、クリスマスのプレゼントにまつわるものです。

私はサンタさんに、お姫様みたいなドレスをお願いしました。

「しかし……」、年長になって少し知恵がついてきた私は考えました。

外国の子供のように、寝る前に両手を握りしめて「サンタさん、お姫様のドレスをください」とお願いしたところで、おじいさんのサンタさんのセンスで選ばれては困る、と。願っただけで自分の欲しいタイプのドレスが来るわけがない、私が欲しいのは漠然とした〝概念としてのドレス〟ではないのだから、シルエットやディテールを具体的にサンタのおじいさんに提示しないと、ダメだ、と……。そう考えたのをはっきり覚えています。

そしていつものごとくチラシの裏に、（自分としては）完璧なデザイン画を描きました。「袖はこうで、スカートはこのくらいふくらんでて、フリルがこうなってリボンはこれ！　色はこれ！」と、かなりの時間をかけて詳細なドレスの絵を描いて、サンタさんに見えるように、数日前からベランダに置いておきました。

そして迎えたクリスマスの朝――。

枕元にやや小さめな包みが置いてありました。

私はそれを見た瞬間「あれ……小《ち》っちゃいな……」と、嫌な気配を感じつつ、包みを開けると……。私の描いたデザイン画とは全くジャンルの違う、ごく普通のワンピースが入っていました。しかも色はグレーと紫の間のような、たとえて言うなら着物の色喪服の紫みたいな色です。フリルも何もない、形はシンプルなAラインの、「アルプスの少女ハイジ」が着ているようなシルエットでした。

私はその時、「発注と違う!!」と思って激怒し（6歳の私は当然「発注」という言葉は知らないんですが、気持ちの上で今翻訳すると、間違いなく「発注」という言葉になります）、母に猛抗議しました。あんなに細かくデザイン画を描いたのに、サンタさんは全然違うものを届けてきた！　と。

　母は困り顔3割、怒り顔7割で、「このワンピースも素敵でしょ！」と私を説得にかかります。

　しかし、その母の様子から私は、わずか6歳にして「あれ、これもしかして、サンタさんっていないな？　存在しないな？」と疑いを持ってしまったのです。母が一緒になってサンタさんに怒ってくれると思ったのに、なぜか場をおさめようとしてくるその行動に、違和感を覚えた……。

　そうです、「もしかしてサンタさんなんて本当はいないんじゃないの!?」という、全世界の子供が必ず通る疑問に、人より少し早く突入したのです。

　あとで母に聞いたところによると、母は、「サンタさんはいる」という方向で私を説得しようとしたそうですが、私がしつこく、「サンタの存在証明を具体的に提示せよ」という内容の抗議で食い下がってくるので困ってしまって、幼稚園の先生に電話で相談したそうです。

　そしたら先生は、諦めたように、「もう、アキちゃんにはほんとのこと言ってよかですよ……」とおっしゃったというのです。この先生の言い回しから、普段から私がいかに、気が強くて、生意気で、大人より自分のほうが偉いと思っている、世の中の真実を全部把握してないと気が済まない、ロマンチックでない、なんとも扱いづらい子供だったのかがよく分かります。

生まれつきのこの性格には親も本当に手を焼いたそうです。

私のこの性格が矯正されるのはもっともっと先のこと、絵を本格的にやり始めてからになります。

え…なにこれ…
ドウン
発注とちがう…
発注

3　少女漫画の世界と現実との乖離

「りぼん」が大好きだった小学生時代

小学生になり、私は熊本市の小学校に入学し、その後わずか2カ月くらいで福岡県久《く》留《る》米《め》市の小学校に転校しました。久留米市では、まず津《つ》福《ぶく》小学校というところに入り、またすぐ小《こ》森《もり》野《の》小学校に転校しています。とにかく転勤が多いのが父の電話会社の特徴でした。

津福小学校時代の思い出は、ペットショップで買ってきたアヒルがガアガアうるさいと父が1日でショップに返したことと、同じくペットショップで買ってきたシマリスのピッキーが脱走してなんとか虫捕り網で捕獲したこと（今思うと、よく捕まえられたな、と思います）。そして馬場整骨院の息子の馬場くんに、私が「馬場チョップ～！」と言って泣かせたその日に、私が登り棒でぎっくり腰になり（小1なのに）、よりによって馬場整骨院に行くハメになって、整骨院で施術を受けている間中、馬場くんがカーテンの隙間からこちらを睨《にら》んでいたこと…。それくらいです。

しかし、次の小森野小学校では、本当に色々な思い出があります。なにより、漫画を読み始めたのもこの小森野小学校に通っている頃でした。

この頃の小学生女子はみんな「りぼん」か「なかよし」を読んでいました。私は圧倒的にりぼん派でした。この頃の「りぼん」の発行部数は１５０万部くらいあったんじゃないでしょうか。


「りぼん」と「なかよし」……「りぼん」は、集英社発行の少女漫画誌。１９５５年８月創刊。70年代後半から10年ほど、「おとめちっく」と呼ばれる作風の淡い恋愛漫画が多く掲載されていた。一方、「なかよし」は、講談社発行の少女漫画誌。１９５４年12月創刊。「ちゃお」（小学館）を含めて、三大少女漫画雑誌と呼ばれていた。いずれも読者対象は小中学生だが、「りぼん」はその中においては、やや読者の年齢が高かった。

表紙に「２５０万乙女に捧ぐ！」と書いてあったような気がします。今は、漫画雑誌の部数なんて、よくて十数万部とか、数万部……なんなら数千部のところもあったりしますが……。あの頃はベビーブームで子供が多かったのと他に娯楽がなかったことから、ものすごい部数の漫画雑誌がトラックで運ばれ、本屋さんに積まれていました。

小森野小学校には3年生まで通いました。

そこは福岡なのにけっこうな田舎で、田んぼと畑の中の道でヘビを見つけて振り回したり、畑のイモを掘り返したり、悪さをしながら登下校していました。

小森野小学校の時は、気の合う友達がたくさんいました。電電公社の社宅にも子供がたくさんいて、隣の巨大な団地にも子供がたくさんいて、とにかく常に公園で数十人が遊んでいるくらい子供が多かった時代でした。

社宅にポン菓子売りのおじさんが来て、地面に落ちたポン菓子を拾って食べたり、垣根のさざんかの花の蜜を爪楊枝ですくって食べたり、雑草を食べたり、とにかく何かを拾い食いするブーム（！）が私の中で盛り上がった数年間でもありました。さざんかの蜜を、隣の団地の「子連れ狼軍団」というギャングみたいな組織（注　みんな子供です）と奪い合う抗争も起きたりして、刺激的な毎日でした。私はこの環境にもまれて、ますますおてんばになっていきました。

ポン菓子……米などの穀物に圧力をかけて加熱、膨張させたお菓子。最終段階で一気に減圧し、その際に爆発音がすることから「ポン菓子」という呼び名になったという。

少女ギャグ漫画との出会い

その頃「りぼん」を愛読していた私ですが、ある時、社宅の向かいにあった高等専門学校の学園祭に遊びに行ったところ、クレープの模擬店や、焼きそばとかたこ焼き店に並んで、古本を並べて10円で売っている模擬店がありました。そこで「マーガレットコミックス」を見つけたので、10円で買って帰りました。「マーガレット」だから、「りぼん」より少しお姉さんの、高校生が読む大人っぽい少女漫画だろうと思って開いたら、絵は少女漫画なのに内容は激しいギャグ漫画だったので、おどろきました。タイトルは『おしおきしちゃうから！』でした。

「マーガレット」……集英社発行の少女漫画誌。１９６３年総合少女週刊誌『週刊マーガレット』として創刊。70年代に入って『ベルサイユのばら』（池田理代子作）や『エースをねらえ！』（山本鈴美香作）などの大作を掲載し、少女漫画ブームを築いた。

私はその漫画がいたく気に入って、毎日毎日繰り返し読んでいました。

内容は確か、なぞなぞ同好会の男の子と格闘技をやっている女の子がなぞなぞでバトルする、みたいな、今思い出してもかなりアバンギャルドなものでした。絵も勢いがあって、少女漫画なのに変顔が炸裂していて、かなりぶっ飛んだ漫画でした。

その作者さんが、後年、その作品について「担当さんに言われて嫌々描いた黒歴史です」みたいなことをおっしゃっていると、何かで読んだか聞いたか……、とにかくそんなような話があったのですが…。

なんと、その作者というのは、岩館《いわだて》真理子《まりこ》先生なのです！　あの、文学的で繊細な少女漫画の傑作をたくさん世に出されている岩館真理子先生です。私は高校生くらいの頃から、岩館真理子先生の作品にものすごくハマっていたにもかかわらず、あのときの、高専文化祭のときに買ったあの本が岩館真理子先生の描いたものだとはしばらく気がついていませんでした。気がついた時はめちゃくちゃ驚きましたが、ああいうギャグを描いていた先生でも、文学的な少女漫画をお描きになるようになるのか、と感動しました。この経験は今の私の作家性にめちゃくちゃ影響を与えていて、ギャグ漫画を描いていたけれど、照れずにそこから少女漫画も描けるようになったのは岩館真理子先生のおかげだと思っています。

岩館真理子……漫画家。１９７３年デビュー。少女の淡い恋愛をコメディ風に描く「おとめちっく」な作風で人気を集める。80年代に入ってからは大人向けの作品も次々と発表している。主な作品に『白いサテンのリボン』『うちのママが言うことには』『冷蔵庫にパイナップル・パイ』など。

『北斗の拳』と『キン肉マン』

そうして私が楽しく少女漫画を読んでいた頃、クラスの男子はみんな、言わずもがな、「週刊少年ジャンプ」に精神的にも肉体的にも時間的にも経済的にも〝支配〞されていました。

学校で、男子はジャンプの連載漫画の話しかしていませんでした。『北斗《ほくと》の拳《けん》』『キン肉《にく》マン』『キャプテン翼《つばさ》』……男子の休み時間は、プロレスか、サッカーか、秘孔を突くかの三択でした。

（『ドラゴンボール』は連載などがまだ始まる前の話です。それについてはのちほど「ドラゴンボールW事件」という項でお話しします）。

『北斗の拳』……「週刊少年ジャンプ」に１９８３年から１９８８年まで連載された人気漫画。原作・武論尊《ぶろんそん》、作画・原哲夫。20世紀末、核戦争後の暴力が支配する世界に現れた伝説の暗殺拳「北斗神拳」の継承者・ケンシロウの戦いを描くハードボイルドアクション漫画。「お前はもう死んでいる」というケンシロウの決めゼリフや、技を決める際に用いられる「秘孔を突く」という表現が若者たちの間で流行した。

『キン肉マン』……「週刊少年ジャンプ」に１９７９年から１９８７年まで連載された人気漫画。ゆでたまご作。超人・キン肉スグルがキン肉マンとして、仲間の正義超人とともにリング上で強敵と戦うプロレス格闘バトル漫画。その後、掲載誌を移し、現在もＷｅｂで連載中。

『キャプテン翼』……「週刊少年ジャンプ」に連載された人気サッカー漫画（その後、掲載誌を移す）。高橋陽一作。「ボールは友達」というセリフが有名な主人公・大空翼《おおぞらつばさ》の成長を描く。主人公の小学生時代に始まり、日本代表、プロリーグで活躍するまでに。日本のみならず、世界中の後にプロとなるサッカー少年たちに影響を与えた。翼の中学生以降のポジション・ミッドフィルダーは、サッカーをする子供たちの人気ポジションとなった。

私には二つ下の弟がいたので、私も一応はジャンプの漫画を読んでいました。どの漫画も面白かったし、『キン肉マン』のアニメも観ていたし、『キャプテン翼』も、全キャラの顔の見分けがつくほどに（これはかなりのスキルです）ハマっていました。

小学校3年生のある日、学芸会でグループに分かれて劇をやることになり、うちのグループは、隣の団地のぽっちゃりした体型の飯田さんの家に集まって劇の練習をすることになりました。女子4人、男子5人くらいのグループでした。

演目も決まっていて、まあおそらく『桃太郎』とか、そういう簡単な演目だったと思います。あとは台本を見ながら動きを合わせて、それぞれセリフを覚えたり、衣装を考えよう、と集まったのですが、男子が飯田さんのうちに着くなり、みんなで『北斗の拳』を読み始め、練習をしようとしないのです。

私は何回も「男子!!　漫画読んでないで！　練習するよ！」と怒りましたが、男子は『北斗の拳』のハート様の真似でポテトチップスをピチャピチャ食べたり、いつもの秘孔を突く遊びを始めたり……。せっかく放課後みんなで集まって、家が遠い子もこの団地まで来てくれてるのに、どうして！　と怒りと虚《むな》しさに震えていると、飯田さんが「アキちゃん、もう無理ばい。男子は『北斗の拳』読み始めたら、もう劇の練習はせんばい」と私をなだめてくれました。

そして、なぜか飯田さんが「せっかくみんなが来たから、私、痩せたい」と言い出して、女子みんなで飯田さんを毛布と布団でぐるぐる巻きにして、汗をかかせて痩せさせるというダイエット合宿のようなことが行われました。結局、それから劇はどうなったのか、全く記憶にありません。

話はそれましたが、とにかく私はその時のことを強烈なショックとして覚えていて、その、一見どうでもいいようなある日の出来事が、私の生き方に深く深く影響を与えたと思っているのです。

その時の気持ちを今の私の言葉で表すならば、「男子はあてにならない、私がしっかりしなきゃ！」……そういった感じでしょうか。

当時の「男子的な行動」で、一番印象深かったのが、同じクラスの赤星くんという男子の行動です。

赤星くんはキン肉マン大流行の時に、私を休み時間に運動場の体育小屋の裏に連れていき、「アキちゃんはジャンプ読んどるから俺らの仲間に入れてやる」という前置きをした上で、ポン・ジュノ監督『殺人の追憶』のラストシーンのソン・ガンホくらいの真剣な顔で、「絶対内緒だけど、今週の『キン肉マン』ですごいことが起きたばい」と言うのです。

私はその週はまだ読んでなかったのと、そもそもジャンプを毎週そこまでは真剣に読み込んでいなかったので、赤星くんの言っていることがなんのことなのか、正直なところ分かりませんでした。そんな私に、赤星くんは「絶対に誰にも言ったらいかんばい」と何回も念押ししながら、折り畳んだ薄い緑色の紙――明らかにジャンプの1ページを切り取って四つに畳んだもの――をポケットから取り出して、ゆっくり広げて見せてくれました。

それは、キン肉マングレートのマスクの破れたところからテリーマンの金髪が見えたシーンでした。

その時私は、「これ、別に、秘密にせんでもジャンプに載って全国の書店で売られてるやつやん」と思ったんですが、赤星くんのあまりの真剣さに、黙って頷《うなず》いて、一応ノッてあげました。「えーっ、じゃあ、キン肉マングレートがテリーマンだったってこと!?　これは秘密にせんといかんね!」

あの日の帰り道、歩きながら、田んぼを見つめて、「男子ってバカだな……」とつぶやいたのを忘れません。歩いているそんな私の横で、別の男子二人が座りながらカマキリかなんかを押して、「じごが出た！」と言ってました。「じご」とは…当時、男子たちがよく使っていた方言で、虫や魚の内臓とかを全体的なイメージでもって「じご」と呼んでいたようでした。

大人っぽい話が多い当時の「りぼん」には、文学的な少女漫画も載っていました。そんな漫画を読んでいた私にとって、同級生の男の子たちは恋する対象にはとてもなりませんでした。

もちろんそのあと、みなさん大人になって素敵な男性になられたことと思います。

ただ、あの頃の小3の男子は本当に…純粋な…かわいらしい男の子たちでした…。

ドドドドドド
おまえはもう死んでいる
ひでぶ
飯田さんどげんね？暑くなってきた!?
みんなありがとう!!
劇の練習せんでいいと!?

久留米での生活

その頃、父は久留米の電話局（当時はこう呼ばれてました）に勤めていました。

家の電話は、黒電話から白いプラスチックみたいな素材の電話に変わりました。

テレビでは、ドリフの『8時だョ！全員集合』と『オレたちひょうきん族』の時代ですね。ドラマは大河ドラマの『山河燃ゆ』を毎週家族で観ていました。

『山河燃ゆ』といえば、法事で宮崎県の都城市に里帰りした時、父が祖母の家からの帰りに、「今週の『山河燃ゆ』は、エミー（注　多岐川裕美さんの役名）がアル中をやめられるかやめられんかの瀬戸際じゃから絶対観らんといかん!!」と言って、いきなり県道から田んぼのあぜ道に突入、ショートカットして向こうの国道に行こうとしたところ、そのあぜ道の幅が狭すぎて十数メートル走ったところで脱輪、田んぼに片輪落ちたまま一家で一晩を過ごす、という事件もありました（このあたりは漫画『ひまわりっ』にも描いています）。

当時はビデオもありませんし、ドラマを録画してあとから観ることができなかったので、こういう事故は全国で多発したのではないかと思われます（いや、そんなことないだろう）。今はつくづくいい時代になりました。

『8時だョ！全員集合』……ＴＢＳ系で１９６９年10月から１９８５年９月まで（途中半年の休止期間あり）毎週土曜20時～に放送された、ザ・ドリフターズによるお笑い番組。最盛期には、40～50％超の驚異的な視聴率をはじき出し、「お化け番組」と呼ばれた。

『オレたちひょうきん族』……フジテレビ系で１９８１年５月から１９８９年10月まで毎週土曜20時～に放送されたお笑い番組。「打倒『全員集合』」を目標に掲げ、若手漫才師らが斬新なギャグを次々に繰り広げた。１９８４年には、年間平均視聴率で「全員集合」を抜き、世に漫才ブームを巻き起こした。

『山河燃ゆ』……ＮＨＫ大河ドラマ第22作。１９８４年１月から12月に放送。山崎豊子『二つの祖国』を原作に、太平洋戦争による日系アメリカ人たちの苦難の歴史を描いた。

『ひまわりっ～健一レジェンド～』……「モーニング」（講談社）に２００６年から２０１０年まで連載された、東村アキコのギャグ漫画。主人公のモデルは作者本人、その父・健一に振り回される日々を描く。コミックス全13巻。

久留米は本当にいいところで、美味《おい》しい豚骨ラーメン屋さんに行ったり、家の近所にあった「大松うどん」といううどん屋さんに行ったり。時には、少しドライブして隣の佐賀県鳥栖《とす》市にある「とすのとんかつきむら」という、汽車がトンカツを運んでくる当時としては珍しいエンタメ系のお店に連れていってもらったりもしました。

度重なる転勤で父も昇進して、いくらかお給料が上がったんでしょうか、幼稚園の頃に比べたら、外食したりドライブしたり、我が家もちょっとリッチな生活になりました。ちょっと高そうなレストランにも時々連れていってもらいました。

その頃のテレビ番組では、髪が長くて、肩パッドの入った真っ赤なスーツを着たお姉さんたちをよく見かけるようになりました。『山河燃ゆ』が１９８４年の放送ですから、バブル経済の少し前でしょうか。山田邦子さんが「ひょうきん族」に出ていて、女の人でもこんなふうにビートたけしさんや明石家さんまさんと肩を並べてお笑いができるんだ！　と誇らしく思ったのを覚えています。そしてその頃、ご存じ『笑っていいとも！』（フジテレビ系）で「テレフォンショッキング」というコーナーが始まりました。

『笑っていいとも！』の1コーナーである「テレフォンショッキング」では、司会のタモリと日替わりのゲストによる軽妙なトークが繰り広げられ、人気に。その日のゲストがコーナーの最後に自ら知り合いに電話をして翌日のゲストとしての出演を交渉し、〝友達の輪〟を繋いだ。

なんというか、電話が、ただの連絡のための道具ではなく、人脈をつなぐための要という存在感で使われているその斬新なコーナーに、私は「芸能人が芸能人に電話するときってこういう感じなんだ！」と感動しました。紹介制で電話を使ってゲストを繋いでいくという、今なら当たり前の行為が、その頃の日本人にはすごく新鮮で刺激的だったのです。

「えっ、ホントにあの人に電話しちゃうの⁉」みたいな感じです。あの頃の芸能人は、SNSがある今とは違ってプライベートなんて全く見えないミステリアスな存在ですから、その人に電話をかけちゃって、いきなり「明日出てよ！」とオファーすることがすごくおしゃれ！　と思いました。

久留米市の小森野小学校に通っていた頃(2年生？)。子供会クリスマスパーティにて。中央のジャンパーの女の子が私

その後、私が漫画家になってからも、『笑っていいとも！』は仕事のときにつけっぱなしにしているテレビ番組のひとつでした。私、思うのですが、「テレフォンショッキング」がなかったら、「飲みながら知り合いにノリでいきなり電話をかける」みたいなカルチャーってできなかったんじゃないかな？　と思います。

餅つき事件

この久留米の社宅に住んでいた頃、恐怖の体験がありました。

お正月に、例の「子連れ狼軍団」の巣窟であるとなりの巨大団地で、子供会主催の餅つき大会がありました。断っておきますが、その子供会は地区のものだったので、私たち社宅の子供たちもその管轄内に置かれていて、となりの巨大団地の主催ではありません。

その餅つきの時に事件は起きました。

私は小さい時からやたら手先が器用な子供で、絵を描くのももちろんそうですが、お裁縫とか編み物とか、なんでも器用にこなすタイプでした。その日は、親たちが臼《うす》と杵《きね》で餅をつき、紅白の餅にするということで、ひとつの臼には食紅を入れてピンクの餅を作ることになっていました。しかし、餅を手で返す担当のおじさんが、食紅の量が分からなかったのか、大量に投入してしまい、その臼の中は真っ赤に染まり、それこそ平野ノラのバブリースーツのような真っ赤な餅が出来上がってしまいました。

　それをすぐそばで見ていた私は、心の中で「ああっ食紅そんなに入れたらダメ！」と思っていたのですが、若輩者の自覚があったのか、おじさんにそれを指摘することができず、血のように赤い餅をつきながら焦るおじさんたちを見て「あ～あ！　台なしじゃん!!」と思っていました。

　そのあと、でっかい木の台の上に粉が撒かれ、子供達みんなでそれを丸めて、お雑煮に入るくらいの丸い餅にするというイベントが行われることになりました。先程のおじさんたちの食紅入れすぎ事件にイラついていた私は、勝手に「ここは私が頑張らないと」と思って、張り切って熱々の餅を丸め始めました。

　周りの子供たちは餅が手にくっついたり、熱くてうまく丸められない中、私は「手に多めに粉をはたけばいいんだよ！」と、次々と餅を丸めていきました。熱いうちにやらねばと、完璧な分量で均等サイズの餅をどんどん丸めて並べていったのです。

餅つきは終わり、丸めた餅がみんなに配られて、それを食べて解散しました。私は満足して帰宅しました。

しかしその翌日、話したこともない上級生の女の子たち3人に団地に呼び出されたのです。6年生でした。当時3年生の私からすると、6年生なんてのは体の大きな女子プロレスラーみたいなもので、恐怖に怯《おび》えながら呼び出された団地の公園に一人で行きました。

公園で私はその3人に囲まれ、ボス的な6年生の女の子が私に言いました。

「おい、森…あんた餅丸めすぎばい」

ええっ…？

呆然《ぼうぜん》として立ちすくむ私に、その子達は口々に「他のみんなも餅丸めたかったとに、お前がどんどん丸めるからみんなは丸められんかった」、「お前が丸めるのが速すぎて丸められんかった下級生がおるのわかっとるとか」、「もっとみんなのことをかんがえて丸めろ」、と次々と罵りの言葉（主に〝丸める〟が罪）をぶつけてきたのです…！

私は怒られたショックと上級生に囲まれた恐怖で泣きながら家に帰りました。その後新学期が始まり、学校でその6年生たちとすれ違うたびに、「あの子ばい！」と指をさされ、「クソな3年生」としての地位を確立していきました。

良かれと思ってやったことが、こんな結果になるなんて！　私は自分の「餅丸め能力」を呪いました。今後人生で餅つき大会があっても、私は自分の能力を隠して、餅が手にくっつくフリをして生きていくしかない、と決意しました。大人になって山田洋次監督の時代劇『たそがれ清兵衛』を観た時、本当は剣の達人なのに、それを隠して生きる清兵衛の気持ちが痛いほど分かりました。

その後、その6年生に、何かの行事の時に「森、お前は本当はいい子たい、許してやるばい！」と言われたことがあって、何がきっかけで許してもらえたのかは覚えてないのですが、その時、そのボス女子の顔を見ながら「なんかこの人自分に酔ってるな」と思ったのだけは覚えています。

わーはやーい
アッコちゃん上手いね〜!
スサササササ
♪

犬との触れ合い、そしてまた流血

久留米の小森野小学校では、クラスメートのほとんどが農家のお子さんでした。うちは電電公社の社宅でしたが、お友達はみんな、でっかい瓦屋根のお屋敷みたいなおうちに住んでいました。当時はそんな言葉を知らなかったので言えませんでしたが、今の私の言語感覚で言えば「豪農」という感じの家でした。

一番仲の良かったのは龍頭ゆきちゃんという女の子でした。ゆきちゃんは背が高くてボーイッシュで、今思えばタカラジェンヌのような、カッコいい美人でした。

転校生だった私は、転校してきて間もない頃にロッカーを間違えたのか、ゆきちゃんとランドセルを取り違えて背負って帰ってしまったことがありました。そのランドセルを夜にゆきちゃんちに届けに行き、それからゆきちゃんと仲良くなりました。

ゆきちゃんちは本当に大きくて、家に広い土間があって、大広間の座敷がいくつもあるような、昔ながらの農家のおうちでした。庭も広く、ビニールハウスもあって、その中にふかふかの藁《わら》が山ほど積んであり、そこで藁に登ったり全力で突っ込んだり、ハイジのように遊んで、すごく楽しかったです。ゆきちゃんは美人で優しくて、気さくで、あの上級生の心の狭いボス女子とは全くちがう性質《たち》の、高貴なお人柄でした。私はゆきちゃんに面白い漫画を教えたり、絵を描いてみせたり、本当に仲良く過ごしていました。そんな幸せな日々の中、事件は起こりました。

ある日の放課後、いつものようにゆきちゃんのお屋敷で遊んでいた時のことです。ゆきちゃんの家は、猫とか犬とかにわとりなど、広い庭で色々な動物を飼っていました。とにかく庭も広いし農家だし、なんやかんやいました。

さて今日は何して遊ぼうか、となったときにゆきちゃんが、斬新すぎる遊びを提案してきました。

「猫は一生に一度、腐ったものを食べんと長生きできないらしいから、今日うちの猫にそれを食べさせたい」

私は「え…そ、そうなの？」と動揺しつつも、大好きなゆきちゃんが飼っている猫に腐ったものを食べさせたいと言うのなら、全力でそれをサポートしようと思い、ゆきちゃんと、ゆきちゃんちの台所で腐った食べ物探しを始めました。しかし見つかりません（そりゃそうだ）。仕方なく、土間をウロウロしていると、土間の隅っこから農機具にまみれて、古びた「粉わさびの缶」が出てきました。中を開けてみると、変色したような粉わさびが入っていました。

ゆきちゃんが綺麗《きれい》な横顔でその缶を見つめながら「これでいいか…」と言い（天《あま》海《み》祐《ゆう》希《き》さんをイメージしてください）、私は（猫はわさびは食べないんじゃないかな）と思いつつも、タカラジェンヌに逆らえない宝塚オタクのように、「うん、それを食べさせよう」と同意しました。

粉わさびを水で溶いて、ドロドロにして、ゆきちゃんが飼っている猫を連れてきて、食べさせました。これが今でも不思議なんですけど、猫が、なぜかそれをペロペロと舐《な》めたんです。そしてけっこうな量を舐めて食べました。本当になぜなのでしょうか。私の人生に起きた七不思議のひとつです。

ゆきちゃんは「よし、これで安心だ、これでうちのタマは長生きできるばい」と晴れ晴れとした顔になり、私も（なんの根拠があるのかな？）と思いつつも、「よかったね！」と猫を撫《な》でて、長命になったことを祝いました。

そして私はその直後、庭の犬小屋の犬を撫でに行ったのです。その時、クラスメートの女の子が何人かまた遊びにきていて、ゆきちゃんはその子たちのほうに行き、私はひとり犬小屋に行って、柴犬と秋田犬の間みたいな、雑種の大きい白い犬の頭を右手で撫でました。

その瞬間、その犬が私の右腕を、ガブッと噛《か》んだのです。

「え？」と思った時にはもう遅く、犬歯が4本、私の右腕にかなり深く食い込んでいました。犬の歯茎と私の肌がほぼくっついてました。地獄です。

私は焦って、犬の口を振りほどこうとしました。手を振っても犬は私の腕から口を離さず、「ガルルル」と唸《うな》っています。その時の犬の口の唇が真っ黒で、まるで台所の排水口のゴムパッキンみたいでした。

ぶんぶん腕を振ってなんとか振りほどいた瞬間、「ガブッ」、もう1回同じように噛まれました。

結果、私の腕には犬歯4本×2で、8個の深い穴が開きました。

異変に気がついたゆきちゃんが駆けつけてきました、お友達も3人ほど来ました。犬はゆきちゃんの顔を見ると、私の腕から口を離しました。

その瞬間！　私の腕から、何か出てるんです。

弧を描いて、３カ所くらいから何かがピューッと！　それは…私の血でした！

「キャアアァァァァァア」

女の子たちの悲鳴が響き渡りました。

私は、手を下げちゃダメだと思って体の前に水平に伸ばしました。すると金沢の伝統お座敷芸、芸妓さんの「水芸」とほぼ同じポーズになり、水の代わりに血がピューッと腕から出るという、恐怖の伝統芸能みたいになってしまい、女の子たちは逃げまどいました。


水芸……演者の体や小道具から水が吹き上がる演芸。金沢の水芸は、泉鏡花《いずみきょうか》『義血侠血《ぎけつきょうけつ》』を原作とする悲劇『滝の白糸』（映画、舞台劇、テレビドラマもあり）のヒロインが得意とする芸として知られる。

そこへ、ゆきちゃんのお父さんが駆けつけてきて、私は腕にタオルを巻かれ、血まみれのまま軽トラに乗せられて病院に運ばれました。ゆきちゃんのお父さんは「あの犬は、前も人を噛んだとよ…」と呟きました。

私は白いタオルで血まみれの腕を押さえて、涙をボロボロと流しながら、「それ、先に言っといてください……」と思いました。

やっと病院に着くと、今度はヨボヨボのおじいさん先生が出てきました。「えっ、大丈夫なの!?」と不安になったのですが、その不安は的中し、なんとそのおじいさん先生は傷の横に麻酔をどんどん打ち始め、数えていたら11回も打たれました。「穴は8カ所でしょうがあああ！」と、痛さもあいまって私が怒りに震えている間も、おじいさん先生はおかまいなしに釣り針のようなフック状の針で、穴を縫っていきました。おかげで（？）私の右手は、犬の犬歯4本に2回噛まれたんだな、と、名探偵コナンならすぐ推理できそうな、そんなまぬけな傷8カ所の腕になりました。

それ以来、心底、犬が苦手です。怖いです。

ちなみにうちの家族は、全員犬に噛まれたことがあるという奇跡の（？）一家です。

父、健一は、電話料金の集金に行った家で、庭に繋がれたブルドッグを鎖が短いとみてからかったら、その鎖が、庭の角から角に対角線状に渡されたワイヤーにカラビナで引っ掛けてあって、犬の可動域が庭の全て、というトラップにやられて、その犬に膝を噛まれ何針も縫ったそうです（ここでもやっぱり電話が出てきます）。

犬との触れ合い、自然の神秘

若い人は知らないかもしれませんが、私が小学生の頃はチャウチャウ（注　中国原産の大型犬）という犬が流行《はや》っていました。小森野小学校の通学路にある、畑の横にほったて小屋が建っていて、そこに大きな犬小屋があり、巨大なチャウチャウ犬が飼われていました。

その犬は、でっかいけど大人しくて可愛くて、たとえるなら笑顔の笑福亭鶴瓶師匠み

久留米市の小森野小学校３年生の時、クラスのお友達と。中央で少しかくれてピースしているのが私。その右上がゆきちゃん

たいな顔の犬だったのですが、一つだけ、どうしても看過できない、ビジュアル的な特徴がありました。

頭から、芽が生えているのです。

まさにドラえもんのタケコプターの位置に、いわゆる双葉になった、まごうことなき「芽」が生えているのです。しかも、その芽が、雑草の芽ではなく、樹木とかの大きな芽、という感じで、茎がしっかりして太いのです。

子供たちはそこに気がつきながらも、チャウチャウ特有の愛嬌のほうに意識が持っていかれ、じゃれてくるその犬の頭や顔を、その芽を避けつつ触っていました。

私はそれを見て「あの芽は犬の頭に何かの拍子で木の種が落ちて、チャウチャウの深い毛の中で発芽して、ああやって生えてきたのだろうか……」、みたいなことを考えていました。

他の友達たちがこの芽のことをスルーしているのも、私にとっては理解しがたいことでした。私は子供の時よくそういうことがあって、他の子は流すところがどうしても流せない、という面倒な性格でした。

その芽について確かめようにも、私は例の「犬噛まれ流血水芸事件」の後だったので、怖くてその犬に触ることができず、クラスメートがその犬を撫でたり、そのへんに転がっている謎のものを食べさせたりしているのを少し離れたところから見ていました。

　そのうち、小学校で「あのチャウチャウは、頭の芽を抜いたら死ぬ」という噂が流れ始めました。

　私は、きっと誰かがそういう流れに持っていくだろうな、と感じていたので特に驚かなかったのですが、心優しい女の子たちは「絶対抜いたらダメばい」とみんなで不安げに話していました。

　しかしある日、その噂を聞きつけた、他のクラスの無鉄砲な男子が、学校帰りにチャウチャウと遊ぶ私たちの集団に近寄ってきて、「こいつの芽を俺が抜く」と言い出したのです。

　女の子たちは「やめて‼　そんなことしたらこの子が死んでしまう！」とその男の子を止めましたが、その男の子は女の子たちを押しのけて一気にチャウチャウに近寄り、その芽をむんずと摑《つか》んで、ぐいっと上に引っ張ったのです！

　みんなが「ああっ」と息を呑《の》んだ瞬間、チャウチャウの顔が、…綾野剛《あやのごう》さんみたいな顔になっていました。なんというか、鶴瓶師匠が、顔の皮と肉を生え際から上にグイーッと引き上げられ、吊り目の人になり、綾野さんのようになった状態です。前よりイケメンな犬になっていました。

つまりその芽は、犬の頭の毛の奥深く、側頭部にまで根を張っていたようでした。男の子がぶんぶん振っても全然抜けません。

私はそれを見て、「自然ってすごい！」と思ったのをよく覚えています。

かわいー
ブン
ブン
大人しいね～

ぐっ
ちょ…そんなに根が張ってると!?

サモハンキンポーというあだ名の保健室の先生

小森野小学校の時、保健室にすごく若い女性の先生がいました。たぶん26歳くらいだったのかなと思います。なのに、あだ名が「サモハンキンポー」でした。サモ・ハン・キンポーというのは、香港映画の『燃えよデブゴン』で有名な、ジャッキー・チェンの脇でおとぼけ役的な存在で大人気になったあの人です。

サモ・ハン・キンポー……映画『燃えよデブゴン』（1978年公開）に主演した香港の俳優。内容は、ブルース・リーに憧れる太めの香港の青年が、町にはびこる悪党と闘い、ついには倒すというもの。この映画で人気者となり、その後ジャッキー・チェン主演の『プロジェクトA』などにも出演した。

ひどいあだ名ですが、男子はそのまま「デブゴン」と呼んでいました。今思っても、先生はそこまで太っていたわけでもないし、顔もそれほど似ているわけではなかったのですが……。でも、正直言うと、髪型と目と鼻が少し似ていました。いえ、正直、全体的にかなり似ていらっしゃいました。とにかく、その保健室の先生はそういうあだ名で呼ばれてしまっていました。

その頃、久留米市はチェッカーズの登場に沸きに沸いていました。日本の歌謡界に彗星の如《ごと》く現れたアイドル的バンド、チェッカーズは『涙のリクエスト』という曲で『ザ・ベストテン』（注　ＴＢＳ系で大人気だった歌番組）で何週にもわたり1位を獲得し、日本中でチェッカーズ旋風を巻き起こしていました。なんと、久留米市はそのチェッカーズのメンバーほとんどの出身地だったのです。久留米からすごいスターが出た！　ということで、みんな全力でチェッカーズを応援していました。

そんなある日、私が、何かの用事で保健室に行って、デブゴン（すいません）先生としばらくおしゃべりを楽しんでいたとき、彼女が私にこっそり秘密を話してくれました。私が少女漫画ばかり読んでいておませで大人っぽい会話をする少女だったからでしょうか、彼女は自分の彼氏のことを私に教えてくれたのです。その彼氏とは……。

チェッカーズのフミヤでした。

今思えば、「嘘じゃん」とすぐに分かる、そういう「ネタトーク」ですが、当時の私はまだ小学3年生で、その、ファンの妄想恋愛みたいな概念が全く分からなかったので、当たり前にそれを信じてしまいました。

「うちね、フミヤと高校が一緒やったとよ。だから、今はフミヤは東京で頑張っとるけど、もう少ししたらフミヤと結婚するとよ」

私は驚愕《きょうがく》しました。田舎に住む私と芸能界が同じ世界線にある、と感じた瞬間の興奮は今でも忘れられません。

デブゴン先生は「明子ちゃん、絶対誰にも言ったらいかんよ」と私に念押ししました。

しかしそんな秘密を自分だけの胸に仕舞っておくことなんてできるはずがなく、私は、親にだけはこのことを打ち明けようと思い、家に帰ってから父と母に話しました。

「保健の先生、フミヤの恋人で、結婚するんやげな」

うちの親はその話を信じました。

なんせ、ここはチェッカーズの地元、久留米ですから。久留米ならばそういうことも有り得る！　という地域性マジックみたいなものがあり、両親ともに信じてしまったのです。同級生、という言葉がさらに信憑性《しんぴょうせい》を高めてしまいました。

父は「あん子たちゃ久留米出身だから！　そりゃ高校のときに彼女はおるやろうもん‼」となんの疑いもなく１００％その話を受け入れ、母は、すぐに母の姉の洋子おばちゃんに電話で話してしまいました。

そのすぐ後に、福岡の太宰府《だざいふ》で親戚の集まりか何かがあって、そこで父がみんなにその話をしてしまいました。しかし、私より年上のいとこのお姉ちゃんたちは冷静でした。

「それは絶対嘘ばい。その人が嘘で言うてるだけばい」と。

しかし私は、「学校の先生が嘘をつくわけがない」と反論しました。父、健一も「久留米だから！」と援護射撃してくれました。

学校の保健室の先生……体調が悪くなったり、授業が嫌でお腹が痛くなった生徒を、優しく受け入れて、ベッドで寝かせて、運び込まれた給食を一緒に食べてくれる、世の中の「まともな大人代表」である保健室の先生…。「金八先生」でも、保健室の先生は倍賞美津子でしたし、とにかく、そんな保健室の先生が生徒に嘘をつくわけがない！

そんなの、職業倫理に反する！　と私は本気で思っていました。

そして、私の必死のプレゼンテーションと父の「久留米だから！」によって、親戚もだんだんとその話を信じ始めました。そのうち、宮崎の延岡《のべおか》市から来ていたみっこおばちゃんが、「色紙を買ってきてサインもらおうか」と言い出し、大人たちが色紙を買いに行きました。

週明けに、私は両親にその色紙を10枚くらい紙袋に入れて持たされ、意気揚々と登校し、保健室のドアをノックしました。

「先生、これ、お父さんたちと、太宰府のおばちゃんと、延岡のおばちゃんに頼まれたんだけど、フミヤのサインもろうて下さい。私はクロベエでいいけん…」

その瞬間、先生の顔色が変わりました。『燃えよデブゴン』のサモ・ハン・キンポーから、『ファースト・ミッション』（注　サモ・ハン・キンポーが監督、出演したシリアスめな映画。主演はジャッキー・チェン）のサモ・ハンか、ってくらい表情が変わったのです。

先生は、今まで聞いたことがないくらい低い声で、

「ばか！　持って帰りんしゃい！」

と、言いました。そのときの顔は、完全に、犯罪がバレた時の犯人みたいでした。ものすごく焦っていました。色紙が入った袋の口をグシャグシャッと閉じて、「オラァ！」といった感じで私に押しつけて抱えさせ、「このことはもう誰にも言うな！」とばかりに私を帰らせました。

「えっ、何？　嘘だった……ってこと？」

私は、「まともな大人代表、保健室の先生」が嘘をついたという事実にひどいショックを受けながら、よろよろと歩いて教室に戻り、ロッカーにその色紙の束の袋を隠し、「太宰府と延岡になんて言おう……」（うちは親戚のことを住んでる地名で呼びます）と、途方に暮れたことを憶えています。そのため、その日は授業にも全く集中できませんでした。

それからどうなったのか、後日談の記憶はありませんが、その後チェッカーズは国民的な人気グループになり、長年活躍しました。私は高校生くらいまで、チェッカーズをテレビで観るたびに、いや今でも藤井フミヤさんを見るたびに、「デブゴン先生、元気かな……、恋人というのはもちろん、同級生ってのも嘘だったんだろうな……」と懐かしく思い返しています。

明子ちゃんだけに教えてあげるわ
うち、フミヤと結婚するとよ
ヒミツばい♡
えっ…
ええええ〜っ!?
おそらくこのヘアスタイルのせいでそんなあだ名が付いてしまったんだと思います

4　二度目の熊本

激動の電話業界

小学校4年生から私は熊本の小学校に通うことになりました。今度は父が電電公社の熊本支店に転勤になったのです。

楽しかった久留米を離れるのは本当に辛《つら》くて、今思い出しても涙が出てきます。仲の良かったゆきちゃん、布団でぐるぐる巻きにした飯田さんを始め、お友達たちは私の転校を知って本当に悲しんでくれました。転勤族の子供というのは本当に辛いもので、せっかく自力で築いたコミュニティが、親の都合で一瞬で無に帰するという、もう、当時は本当に父を恨みましたし、引っ越しのたびにおもちゃや本をどんどん捨てる母のことも恨みました。

ただ、漫画家になってから思うのですが、私が描いている漫画は、身近にいそうな人がそのままのキャラクターで出てくるタイプの漫画で、それは転校が多かったおかげで自然と人間観察力がついたのかな……と。

とにかく、私は熊本の社宅で暮らし始めました。転校は不安だったけれど、なんと奇跡的にいちばん仲のいい、いとこの姉妹が大分から越してきて、熊本の同じ学校に通うことになったのです。二人の父親のたけおおじちゃんも、父と同じ電電公社勤めでたまたま同じ時期に熊本の支店に配属されるという、うちの親戚の間でも今や伝説のミラクル人事が起きた年でした。いとこ一家はうちと少し離れた、もっといい社宅に配置され、熊本での数年間は、とにかくうちとそっちを行ったり来たり、毎週末一緒に過ごす夢のような生活になりました。

熊本市立山ノ内小学校５年生のとき、自作の絵とともに

この頃、父が会社から不思議なものを持って帰ってきました。風景写真がプリントされた名刺サイズのカードです。父はそれを私に見せて、「明子、これで電話がかけられるとぞ」と言いました。そうです、テレホンカードが登場したのです。

テレホンカード……公衆電話で硬貨の代わりに使用できるプリペイドカード。１９８２年、電電公社が発行・発売開始。

まだ学校ではテレホンカードを持っている人がいなかったので、私は学校帰りにクラスメートを社宅に呼んでそのカードを見せてあげたところ、みんな珍しがって手に取って眺めていました。このカードが10円玉の代わりになる、ということが本当に不思議でした。世の中にはもうクレジットカードがあったのかもしれませんが、地方では大人もほぼ無縁だったと思うので、そもそもお金に代わるカード、というものが初登場だった気がします。

そしてさらに、我々電電公社族にとってものすごく大きな変革がありました。

なんと、１９８５年４月、電電公社が民営化されたのです！

少し前でいうところの郵政民営化みたいな感じで、それまでは国が運営する一機関という立ち位置でやってきた電話局が、民間の会社に変わりました。

父は電電公社の人から、一気に「ＮＴＴ」の人という、なんかいきなりおしゃれな響きの肩書きに変わって、子供心に「何が起きたんだ？」という感じではありました。

熊本の社宅ではお父さん同士が同僚だったり先輩後輩だったりしたので、活発にみんなが交流して、それぞれの家の誕生会や、キャンプや旅行など、とにかくいくつもの家族でレジャーに行っていました。母は毎日のようにパンを焼いたりケーキを焼いたりして、婦人会的に社宅の奥さんたちと情報交換をしているので、料理の腕が上がったようでした。

テレビでは聖子ちゃん明菜ちゃんをはじめ、おニャン子クラブ、少年隊などのアイドルが全盛となり、「ひょうきん族」もさらに派手になっていって、世の中が全体的にハイテンションな時代になっていました。

私は相変わらずお絵描きを続けていて、漫画だけでなくアニメ映画なども観るようになりました。４年生の時に『風の谷のナウシカ』を熊本の小さな上映会場みたいなところで初めて観て感動したり、『ハイスクール！奇面組』のアニメ放送が始まって、ビデオがなかったのでラジカセで音だけ録音したりしていました。

ドラゴンボールW事件

１９８６年の冬（２月）、ご存じ『ドラゴンボール』のテレビアニメも始まりました。この頃のクラスメートの男子は、全員、脳がドラゴンボールに支配されていました。いや、女子でもそういう子が結構いました。私ももちろん読んでいましたが、男子たちのハマり方はもう、見ているこちらが心配になるくらいでした。

『ドラゴンボール』……「週刊少年ジャンプ」に連載され大人気を博した鳥山明作の漫画。最初のテレビアニメは同作を原作として、１９８６年２月から１９８９年４月までフジテレビ系で放映された。

アニメ『ドラゴンボール』第一回の初放映の日は、よりにもよって、なんと、学校の校庭で行われる星空観察会の日でした。

　星空観察会とは、４年生以上の生徒が集合し、理科の先生が、強力なハイビームを放つ「強力懐中電灯」みたいなもので空を指しながら、星座の説明をするという、理科の先生にとってはめったにない見せ場のイベントでした。私は、星座にはそんなに興味がなかったのですが、夜の学校にみんなで集まるというドキドキ感に、その日を楽しみにしていました。

　学年をまたいでのイベントということで、一つ上のいとこのよしこちゃんに校庭で会えて、みんなの前で、あれが私のいとこのお姉ちゃんだよ、と自慢できるのも嬉しいことでした。

　夜７時前、集合時間より早く暗くなった学校の校庭に着いて、女の子同士でおしゃべりしたり、よしこちゃんに手を振ったりしているうちに、みんな何かがおかしいことに気がつきました。

　校庭に女の子しかいないのです。

　男子が、来てないんです。

「あれ……？　男子が全然来んねえ？」と女子たちみんなでざわつき始めたとき、理科の男性の先生が登場しました。先生はキョロキョロと校庭を見回して、「なんでか！なんでか！」みたいなことを叫んでいるようでした。

私はその時、「あっ、ドラゴンボールじゃ！」と気がつきました。そのとき校庭にいた生徒の中で、このことに気づいたのは私が最初のようでした。そこで私は先生にかけ寄って、「ドラゴンボールのアニメが今日から始まるけん、男子は来んのだと思います」と言ったところ、理科の先生は「ドラゴンボールううううう？　なんかそらあああああ!!？」と叫びました。メガネをかけた理系な感じの先生だったので、世のドラゴンボールブームを知らなかったのだと思います。そもそも『ドラゴンボール』が親の世代まで浸透したのは、アニメが大人気になってからでしたから。

それからしばらく、理科の先生は顔を真っ赤にして怒っていて、「男子ば呼んでこいいいい!!」「家近いやつから呼べえええええ」「これは授業ぞおおお」みたいなことを叫びまくって、星空観察会はメチャクチャになってしまいました。

今、学校の近所の男子を呼びに行ったところで、テレビから引き剝がせないのは分かっていたので、誰も呼びに行こうともしませんでした。その星空観察会の記憶はそれだけです。先生が満天の星の下、怒っていたのを、女子たちがただ見ていた、そんな会でした。

そしてその年、もう一つの『ドラゴンボール』にまつわる事件がありました。

国語で、自分でオリジナルの小説を書くという授業が始まったのです。何週かにわたって授業中にオリジナルの小説を書かされて、終わらない人は家で書いて、翌週発表してもらう、とのお達しがありました。

私は作文が得意だったので、張り切って取り掛かりました。ありがちではありますが、「無人島に流れついた少女たちが伝説の滝と宝物を見つける」というストーリーを考えて、書き始めました。自分と同じ歳《とし》の少女を主人公にし、無人島で偶然宝の地図を見つけ、いろんな危険をかいくぐりながらその宝物を見つける、という、定番ながらも読者が読みやすい小説を心がけて、一生懸命に考えながら工夫して書きました。挿絵まで描いて、宝の地図もセットでつけ、主人公のキャラクターはおてんばで運動神経のいい子で……といろんな性格、特技の女の子をそろえ、かなり長いページの大作をなんとか書き上げました。

そして「私のこれ、けっこう面白いと思うけど、みんなはどんな小説を書いたのかな？」とワクワクしながら、発表の日を迎えました。

発表の日、自信満々に手を挙げた私から発表が始まりました。なぜか先生が、「じゃあ明子ちゃんと、隣の席の根津くん、前に出て、二人から発表しなさい」と言うので、私は根津くんと二人で前に出ました。

根津くんはうちの社宅のすぐ近くのお寿司屋さんの息子さんで、おいしい寿司をたくさん食べているからか、かなりまんまる体型、ぼーっとした印象の男の子でした。私が話しかけても、いつも「んあ？」みたいに反応が薄く、私は（根津くんとは話が全く盛り上がらんな）と常々思っていました。その子と一緒に前に出されて、なんかシラケるなと思いつつ、自分の小説を読み上げることに集中しようと張り切って原稿を高々と持ち上げて、大きい声で読み始めました。

読み終わると、クラスのみんなも先生も、「すごい！　森さんすごいね！」という感じで反応は上々でした。私は宝の地図もみんなに見せ、エンタメとはこうあるべきだと言わんばかりにドヤ顔で解説しました。大拍手の中、私の発表は終わり……。

そして、根津くんの番になりました。

根津くんは、自分の原稿を出して、ボソボソした声で読み始めます。そもそも声が小さい上に、自信なげに読んでいるので、最初のうちは何を言っているのか聞き取れず、ん？　ん？　なんて？　と思っていたら、衝撃の文言が聞こえてきました。

「オッス、おら悟空」

「ブルマ？　変な名前だな」

その瞬間、教室がザワッとしました。

根津くんは読み続けます。

「ホイポイカプセルくらいみやこではじょうしきよ」

「すげーなこれ、オラが走るよりずっとはええぞ」

教室の男子たちが抗議の声をあげ始めました。

そうです、根津くんは『ドラゴンボール』をそのまま自分の原稿用紙に書き写してきたであろう、しかも恐らくアニメ版であろう、つまり『ドラゴンボール』のテープ起こしをしただけの小説を書いてきたのです。

それはもうアニメと同じ、創作でもなんでもないただの『ドラゴンボール』です。

男子たちは怒り始めました。

「それはドラゴンボールばい！　お前ドラゴンボールば写してきたんやろうが‼」

根津くんは驚いたような顔をしてみんなを見ました。その時私は、（あれっ根津くんにはもしかして小説の概念がないのか！）とおののいたのですが、とにかく根津くんはたいして悪気もなく『ドラゴンボール』を自作小説として発表したようでした。

怒号が飛び交う教室で、当時の担任の村上先生というイケメンの若い男の先生が、「まあまあ、こうやって長い文章書いてくるってだけで立派なことぞ！」と最低ラインでのフォローをしました。

私のその後の記憶はありませんが、とにかく、『ドラゴンボール』がどれだけ男子の脳を侵食していたかがよくわかる、あの時代の記録として、この二つの事件を書かせていただきました。

親戚の話

前にも書きましたが、うちの両親は宮崎県都城市と鹿児島県志布志市の出身で、父が5人姉弟の末っ子で長男、母が7人きょうだいの末っ子という、末っ子同士の結婚だったので、私には伯父や伯母が10人いることになります。その配偶者も足すとさらに倍になりますし、その子供たち、つまり私のいとこは、母方、父方合わせて19人もいるという……、とにかくビッグな一族なのです。父方のいとこは、大阪の文明兄ちゃんと明博兄ちゃん、鹿児島の俊則兄ちゃんで、歳は離れていましたが、みんなに本当に可愛がってもらいました。

母方のほうは、歳の近いいとこも多く、前述したよしこちゃんと智子ちゃんを始めとして、今でもよく会う順子姉ちゃん、聖輝兄ちゃん、公平兄ちゃんと俊彦兄ちゃん、ヤン坊マー坊兄ちゃん、ゆっこ姉に茂子姉……そこの娘のくみとりえ、それから一番上のいとこの亮吉兄ちゃんとぼん兄ちゃん……、いまだに全員ＬＩＮＥグループでしょっちゅう近況報告をしたり、東京でいとこ会をしたりして、今時こんな親戚付き合いができて、本当に幸せなことだと思っています。みんな私の漫画を応援してくれて、テレビに出たら必ず感想をＬＩＮＥしてくれます。

私は長女ですが、いとこたちのおかげでお兄ちゃんお姉ちゃんがたくさんいるのと同じだなあと、大家族ってこんな感じなのかなと思います。

親戚が多すぎて紹介が恐ろしく長くなりましたが、私の漫画がいつも賑やかで楽しいのは、きっとこの環境で育ったからだと思います。とにかく何をやるにも大人数で、夏休みもお正月も、結婚式も、親戚大集合でいつも大騒ぎでした。転校が多くて淋《さび》しい思いもした子供時代でしたが、大勢のいとこたちのお陰で、それもまぎれていたように思います。

そして、気がつけば私も47歳になり、いとこのお兄ちゃんお姉ちゃんたちも50代、60代になっていますが、この先も、みんな元気でわいわいできたらいいな、と思っています。

私たちの子供時代は夏は必ず串間市の高松《たかまつ》というところにある高松海水浴場で、みんなで毎日のように泳いで、毎日のようにクラゲに刺されていました。母方の祖母の家はその海水浴場から歩いてすぐのところにありました。

クラゲに刺されるとすぐに洋子おばちゃんとうちの母が、焼酎の一升瓶を持ってかけつけて、刺されたところに焼酎をぶっかけて消毒してくれました。それを知らない人にもやってあげていたので、自分たちのことを「浜辺のナイチンゲール」と呼んでいました。

母方の親戚は、祖父が鹿児島県の小学校の校長先生で、祖母も音楽の先生だったので、統率の取れた一族でした（父方は、みんな商売人気質《かたぎ》で面白くて自由人という感じでした）。

そういえば母方の親戚みんなで「鴛鴦《おしどり》」という文集を出していました。当時、子供だった私も寄稿しました。祖母や伯母たちが、みんな戦後の思い出について随筆を書いて載せていました。編集も伯父や伯母やいとこの年長組がやってくれたそうで、イラストの入った表紙もちゃんとある、立派な本です。広告のところに父のほうの一族の食べ物の会社の広告まで入っていて、今見てもなかなかよくできた文集です。

後年、私が漫画や漫画にまつわる本を作ることに臆病にならなかったのは、こういう環境があったからだと思います。自分たちで自分たちの歴史の記録や楽しい思い出の本を出す、ということを、自然で当たり前のことのように感じていたのだと思います。

祖母のノリばあちゃんは、なんと１０６歳まで長生きしました。私の漫画が雑誌に載った時、「こいでーなんぼもらうっとかー」（これでいくらもらえるの？）と聞いてくるので、笑ってしまいました。

祖母は、長生きしたことによってなんと玄孫《やしやご》まで抱くことができ、５世代写真（祖母本人、娘、孫、ひ孫、玄孫）も撮りました。

親戚のみんな、それぞれ全員と思い出話がありますが、70人分くらいあって、もはやそれで1冊出せそうなくらいの分量なのでここでは書けないのですが、いつかまたそういう本を出せたらいいなと思います。

母方の親戚たち。人数が多すぎて公民館を借りて何かのお祝いイベントをやっていたと思われる

5　さらに転校、南国パラダイス宮崎に辿り着く

福岡、熊本という九州の「二大ばってん」地帯（注　「ばってん」は「しかし」などの意味で福岡、佐賀、長崎、熊本で使われる接続詞の方言）暮らしを経て、私は小学校5年生になり、今度は宮崎県の宮崎市に引っ越すことになりました。宮崎では社宅ではなく、庭付きの一戸建てに住むということで、転校を嫌がる私に、両親が「次の家は一戸建てだから猫が飼えるから！」となだめすかして、私はその「猫、解禁」だけを希望に泣く泣く熊本を去りました。

宮崎――デスゲーム発祥の地？

宮崎に引っ越してまず驚いたのは、言葉が全然違うことでした。福岡と熊本は似ているのですぐ順応できたのですが、宮崎弁はイントネーションから単語から全く違っていて、慣れるまでかなり時間がかかりました。

九州山地に阻まれているせいか、宮崎の言葉は、熊本と違って、なんというかのんびりしていて非攻撃的な、思わず笑ってしまうような面白い言葉でした。

宮崎市の江南《こうなん》小学校に転校した私を、クラスメートのみんなは温かく迎えてくれました。

みんな明るくて面白くて人懐っこくて、休み時間のたびに私の机に寄ってきては面白い一発ギャグなどを披露してくれました。全員が、お笑いでいうところの「ボケ」をかましてくるので驚きましたが、すぐに仲のいい子もできて、楽しい宮崎生活が始まりました。

しかし、はじめての体育の授業のとき、ものすごくショックなことがありました。

なぜか全員めちゃくちゃに足が速いのです。スポーツテストの50メートル走で、男子も女子も熊本の同級生より1秒も2秒も速いタイムを叩き出していました。

ここまで私はなんでもできる子供だという感じでこのエッセイを書いてきましたが、話す機会がなかっただけで、私には苦手なこともたくさんありました。その第1位が、とにかく足が遅いということです。私は小さい頃から運動はまるでダメで、小学校1年から高校3年まで、マラソン大会はずっとビリという、「え、あの活発な明子ちゃんが足こんなに遅いの？　なんだか見てられないよ！」と、みんなを悲しい気持ちにさせるレベルの運動音痴でした。

宮崎の子供たちの足の速さ、身体能力の高さ、そして体育にかける覇気のようなものに私はおののきました。さらに、学校の運動教育そのものが私にとってはデスゲームのような恐怖のシステムでした。

そのシステムとは……。

まず朝、登校した後、運動場を裸足で何周も走らされるのです。朝一発目からです。そして、教室に戻り、各自持っている日本地図がプリントされたA3ほどの紙を机の引き出しから出し、そこに自分が何周走ったかを、走った分だけ色鉛筆で塗りつぶしていくのです。一体何キロ走らせるつもりなんだ、日本縦断３０００キロ走らせるつもりなのか？　と私は毎朝泣きそうでした。足の速い子や運動が好きな子は、日本地図のかなりの部分がカラフルに塗りつぶされ、私の地図はずっと真っ白でした。

　ちなみに、その小学校では、冬でも一年中裸足で過ごすという「裸足教育」みたいなデスルールもあり、上履きのない裸足の生活に、私は「とんでもない県に来てしまった」と真っ青になっていました。学校の建物の中、教室でもずっと裸足でした。

　裸足教育の流れでしょう、数日に一度、先生に足の裏を見せて「土踏まず」が形成されているかどうかをチェックしてもらうという、江戸時代みたいな儀式もありました。

　私は扁平足というのか、運動をしていないのもあって土踏まずがなく、足の裏がぺったんこだったので、先生に「森さんは土踏まずがない‼　現代っ子！」とみんなの前で辱められました。

　日本地図の塗りが進まない子は、昼休みや放課後に走らされました。真冬も、霜柱の立っているなか、裸足で霜柱を踏みしめながら走らされました。当然、普通に嫌でした。今でもデスゲームものの映画やドラマが苦手なのは、この頃のことを思い出すからかもしれません。

そんな運動県宮崎でしたが、同じクラスに漫画好きの川原さんという友達ができました。川原さんはめちゃくちゃ絵がうまくて、二人で交換日記に少女漫画の絵を描きあって切磋琢磨しました。川原さんはクラスで一番の優等生で、とにかく勉強ができて、いつもテストが満点の才女でした。仲良くなってからは、転校が多くて勉強が遅れがちの私に勉強も教えてくれました。彼女は「花とゆめ」の読者で、今まで花ゆめを読んだことがあまりなかった私にいろんな漫画を貸してくれました。

「花とゆめ」……１９７４年５月創刊の少女漫画誌。当初は月刊だったが、１９７５年１月より月２回発行に。版元は集英社のち白泉社。『ガラスの仮面』『スケバン刑事《デカ》』『パタリロ！』『動物のお医者さん』『ぼくの地球を守って』などの話題作が連載される。

この頃、高学年の子は週に一度のクラブ活動の時間というものがあって、私は川原さんと漫画クラブに入りました。

この漫画クラブでは、グループを組んで一本のマンガを描かされました。私は「なぜ一人で描かせてくれないのか」と最初は不満でしたが、女子5人グループで『探偵ぷっつん物語』という大作を描いて、力を合わせてちゃんとしたストーリー漫画を完成させたことで、「なんだ、漫画なんてカンタンじゃん、こりゃ私、漫画家になれるわ」と、変な自信がついてしまいました。

実はこの漫画クラブ、教室には私たち女子が10人くらい、男子もそれくらいいました。全部で20人もいないくらいだったんですが、なんとその男の子の先輩の中に、あの『ONE PIECE』の尾田栄一郎先生がいたということが漫画家になってから分かりました。

尾田先生は、この頃、お父様の転勤で3年だけ宮崎の江南小学校に通い、漫画クラブに入っていたそうです。私は尾田先生の一つ下なので、同じ教室で漫画を描いていたことになります。

しかし尾田先生が校庭を毎朝裸足で走らされ、あの日本地図塗りつぶしデスゲームに参加されていたのかと思うと、感慨深いものがあります。

6年4組　江頭《えとう》先生

江南小学校で、春夏秋冬、外でも校舎内でも裸足ですごし、肉体&精神の鍛錬をくらわされたおかげで、私は、冬でも風邪ひとつひかない元気な体を手に入れました。本当にしんどかったけれど、今となってはあの時代特有の教育方針に感謝しています。

そして私は6年生になりました。6年4組ですごした1年間は、私の人生のハイライト、アバンギャルドな思い出だらけのクラスとなりました。

6年4組の担任の先生は江頭先生という、めちゃくちゃ怖いと有名なおじいちゃん先生でした。江頭先生は白髪交じりの髪を鬢《びん》つけ油でオールバックになでつけて、大橋巨泉のメガネみたいな昔のメガネをかけていらっしゃいました。顔はハンサムで、逸見《いつみ》政《まさ》孝《たか》さんみたいな目鼻立ちでした。

逸見政孝さん……人気アナウンサー。80年代後半から90年代前半にかけて活躍するも、がんのため、48歳の若さで惜しまれつつ亡くなった。

江頭先生の上履きの健康サンダルには、マジックで「ETO」と書かれていました。なので私たちは、江頭先生のことをこっそり「イーティーオー」と呼んでいました。

とにかく怖いし、すぐ怒るし、体育の授業の時、逆立ちがうまくできない男子を足を持って逆さまにして、「なんでこれができんとか〜！」と振り回すし、学年で一番怖い先生が担任になってしまったことで、私は「こりゃ今年は相当きついな」と覚悟しました。

ハチミツと一升瓶

ある日、江頭先生が国語の授業をしているときでした。いきなり教室の前の扉がガラガラと開いて、「たった今、山から降りてきましたよ」と言わんばかりの、日本昔話みたいな風貌《ふうぼう》のおじさんが乱入してきました。

「江頭先生〜!!　どーもどーも〜」

授業中に校庭に入り込んだ犬が乱入してくることは小学校あるあるですが、マタギみたいなおじさんが乱入してくるのは初めてだったので、みんなびっくりしていると、江頭先生は見たことのないような笑顔で「あー○○さん〜！　持ってきてくれたとですか〜」とそのおじさんを招き入れ、教卓の横に立たせました。授業ほったらかしで、二人でフリートークを始めたようでした。

それからそのおじさんが、謎のズダ袋みたいなでかい袋から、新聞紙でぐるぐる巻きに包まれた一升瓶をドン！　と教卓の上に置きました。「頼まれてたやつですわ〜！」と叫ぶおじさんに、江頭先生は千円札を2枚くらい渡していました。

そしておじさんは、よく聞き取れなかったのですが、なにか前向きなことを叫びながら帰っていきました。

江頭先生は、その一升瓶の新聞紙を剝ぎ取って、私たちに「ほら！　○○さんが山で採ったハチミツじゃ！」と、精製されてない感じの白っぽく濁った、でもすごく美味しそうなハチミツを見せてくれました。

6年4組のみなさん、この日のこと覚えていますか？

私はこのハチミツを、みんなひとさじずつ舐めさせてもらったような気がするのですが、どうでしょうか。

私はこの日から江頭先生のことがあまり怖くなくなり、江頭先生率いる江南小の最強軍団、「園芸クラブ」に所属し、江頭先生に菊の植え方や肥料の加え方、鉢植えの鉢底石のことなど、いろいろと教わりました。漫画クラブとまた別の、独立した放課後の課外活動的なクラブだったと思います。私は今でもガーデニングや庭いじりが好きなのですが、この時に江頭先生に園芸の心得やテクニックを教えてもらった影響です。

江頭先生からは、学校の勉強以外にもいろいろなことを学びました。

節分の豆まきのときに、落花生の殻を床にぶん投げて捨てて、「落花生の殻は捨ててもいい、あとで掃除で掃けばいい」という合理的なルールを作ったのもかっこいいなと思いました。クラスの女子の間でコックリさんが流行った時に、「意味のわからん遊びはやめろ！」と一喝なさったのも胸のすく思いでした。

今と違って、全く子供に歩み寄ることをしない昔ながらのおじいさん先生のおかげで、私は毎日学校に楽しく通いました。

しかしシャーペン禁止、えんぴつも電動削りで削るの禁止、「小刀」で削れという「江頭ルール」に、子供ながらに「小学生が小刀を持ち歩くほうがヤバイのでは」と思っていました。

ガラ
江頭先生〜
あーっどうもどうもー!!
※授業中です

「コロコロ」との出会い

この頃、私は相変わらず少女漫画にどっぷりハマっていたのですが、弟は「月刊コロコロコミック」を買っていました。当時は小林よしのり先生の『おぼっちゃまくん』が大流行していて、そのあまりの面白さに私も毎月コロコロコミックもしっかり読んでいました。『つるピカハゲ丸』や『あまいぞ！男吾《だんご》』も好きでした。

弟は、宮崎のマルショクというスーパーの屋上で開催されていたミニ四駆の大会に出たりしていました。スピードを出すためにマシンを軽量化しすぎて、スタートと同時にふわっと飛んでコースアウトして失格になっていました。

しかしこの頃はみんな、本当に『おぼっちゃまくん』に夢中になっていました。学校では、男子が毎日毎日、茶魔語《ちゃまご》を考えていました。私も考えていました。

びんぼっちゃま初登場の回で、スーツ姿のびんぼっちゃまがつまずいて転んだとき、後ろが裸だったのを見て、本当に転げ回って涙を流して笑いました。

作者の小林よしのり先生は福岡出身の方で、私が住んでいたことのある県からこんなすごい人が出るなんて！　と誇らしかったのを憶えています。


「月刊コロコロコミック」……小学生向けの漫画雑誌。小学館発行。１９７７年５月創刊。

『おぼっちゃまくん』……小林よしのり作のギャグ漫画。「月刊コロコロコミック」に１９８６年５月から１９９４年９月まで連載された。主人公は大財閥の跡取り息子である御坊茶魔《おぼうちゃま》。この主人公が繰り出す独特な「茶魔語」が、小学生の間で大人気となった。

『つるピカハゲ丸』……のむらしんぼ作の４コマギャグ漫画。「月刊コロコロコミック」に１９８５年から連載された。

『あまいぞ！男吾』……Ｍｏｏ・念平《ねんぺい》作の学園コメディ漫画。「月刊コロコロコミック」に１９８６年３月号から連載された。

明子11歳、ついに漫画デビュー!?

当時のコロコロコミックに「藤子不二雄まんが入門」というページがあり、毎月お題に合わせた一コマ漫画をハガキで募集して、上手な子だけ載る、というコーナーがありました。私はなんとなく「出してみようかな…？」と思い、藤子不二雄先生の『オバケのQ太郎』のお題のときに、ハガキに一コマ漫画を描いて送りました。これが私の人生初の漫画雑誌への投稿でした。

何を考えたのか私は、この時の絵を、サインペンや、いわゆるつけペンというGペンなどではなく、割り箸を小刀で削った割り箸ペンなるものに墨汁をつけて描きました。江頭イズムです。

私は江頭先生の「戦前戦後思想」みたいなものに完全に洗脳されていたのです。

しかしその割り箸ペンが功を奏したのか、私の一コマ漫画は採用され、なんと数カ月後のコロコロコミックに掲載されたのです！

Gペン……漫画やイラストを手描きする際の代表的な筆記具。ペン先にインクをつけて用いる「つけペン」の一種。

朝、学校に行って教室でたわいもない話をしていたら、隣のクラスの熊本くんという男子がコロコロコミックを持ってやってきて、「これあんたやろ?」と「まんが入門」のページを見せてきました。「宮崎県、森明子さん」と書いてあったので、もしかして私ではないだろうかと気が付いたそうです。私はまだその月のコロコロを買ってなかったので、先に隣のクラスの男子に気づかれてしまった、やばい、恥ずかしい、と思いつつもそのページを見た瞬間、自分の絵がコロコロに載っているという感動に、恥ずかしさも忘れてその場で飛び上がって喜びました。

クラスのみんなもすごいすごいと褒めてくれました。批評には「森さん、女の子と思えない力強い線、岡本太郎顔負けだね」と書いてあり、完全に割り箸ペン単体での勝利、江頭先生のおかげだなと思いました（今見てもネタはイマイチで、何も面白くないです）。

この時コロコロを持ってきてくれた熊本くんは、大人になって会社を作りました。若者に大人気となったおしゃれ家電のamadanaの社長の熊本浩志《ひろし》くんです。彼とは高校まで一緒で、私は彼の生徒会の選挙ポスターを描いてあげたりしました。東京に出てきてからも連絡を取り合って、たまに会ったりしています。

それからしばらくして小学館から立派な盾が届きました。私の絵がプリントされた金属製の本当に立派な盾です。今でも実家の床の間に飾ってあります。ただの読者コーナーの一コマ漫画にこんな原価の高そうなグッズをプレゼントしてくれるなんて、今では考えられないことです。景気がよかった時代ならではだなと思います。盾のおかげで私は、この頃から「よし、私、漫画家になろう！　また雑誌に載りたい！」と本気で考えるようになりました。

宮崎のポストに投函したあのハガキが、コロコロコミックの1ページに載って、全国の書店に並んでいる、そのことが私を興奮させました。久留米の「サモハンフミヤ婚約妄言色紙事件」で、「ああ、芸能界はやっぱり私の世界とは別の世界なんだ」というショックを味わって以来、華やかな世界は無縁だと思って生きてきた小学生時代でしたが、最後の最後、6年生のときに、「やっぱり私の世界とギョーカイは地続きなんだ！」という確信を、自分の力と割り箸の力で摑んだ、最高の出来事でした。

1986年頃、「コロコロコミック」（小学館）から贈られた立派な盾。今も飾っています

昭和60年　留守番電話登場

うちの父がＮＴＴに勤めていることもあり、テレホンカードの時のように、我が家は、電話機の最新機種が導入されることがよその家庭より早かったように思います。留守番電話も、確か私が小学校5年生の時（1986年）に我が家に設置されました。留守にしていてもかけてきた相手がメッセージを録音で残せるというシステムに、私は「ＮＴＴはとんでもない機械を発明した！　これはノーベル賞だ！」と感動したものです。

留守番電話……1969年に電電公社が電話局の窓口に業務用留守番電話を設置したのが始まり。一般利用は、1977年、東京のプッシュホン加入者が利用できた「でんわばん」サービスから。その後、徐々に全国に拡大した。留守番電話機能を搭載した固定電話は1985年、ＮＴＴより提供開始。

留守番電話の声、いわゆる「はい、森です、ただいま留守にしております…」を録音する際も大騒動でした。

母がやることになったのですが、何回やっても緊張してうまくいかず、結局「明子がやれ」ということになりました。しかし私は、「子供の声のメッセージなんて、電話をかけてきた人に森家がなめられる」という理由で（笑）、断固拒否しました。結局、母の〝ザ・素人！〟という感じのメッセージを録音しました。とにかく、我が家の留守番電話は、なんとか稼働し始めました。

面白かったのは、まだ世の中に留守番電話が浸透してないので、電話をかけてくる方も慣れてないというか、「メッセージをどうぞ」のあとに、みんな「えっ…あっ…」（ガタガタ）ガチャン！　と狼狽《ろうばい》して電話を切ってしまうことでした。

他にも、留守番電話と気が付かず親戚のおばさんが「伸子さあ～ん？　あのねえ、昨日送ってくれたみかんがねえ～、ん？　伸子さん？　なんね？　伸子さん!?」「ピー（タイムオーバー）」と、話し続けるパターンも続出しました。

私はこういう留守電の録音を聞いて毎回爆笑していました。家族で出掛けたときは、いつも家に帰ってきてすぐ電話に駆け寄り、「今日はどの親戚がどんなおまぬけメッセージを残してくれてるのかな?」とニヤニヤしながら、再生ボタンを押していました。本当に面白かったです。涙を流して笑っていました。

とにかく当時は、理路整然としたまともなメッセージを残した人なんていなかったように思います。

みんな恥ずかしがったり動揺したり、無言で切ったり、うちの留守番電話は、笑い話のネタになるために設置されただけとなり、本来の目的は全く果たしていませんでした。でもそのうち、1年、2年経つと世の中みんなが留守電に慣れてきて、「あ、〇〇ですけど電話ください〜」みたいなこなれたメッセージを残すようになりました。私の1日の楽しみ、〝爆笑ど素人メッセージ再生〟という趣味はジャンルごと消滅し、「なんだよ！　みんな慣れないでよ！」と残念に思ったのを覚えています。

この頃だったか、もう少し後か、もう一つ電話に新しい機能が付きました。

それは「キャッチホン」です。我が家もすぐに導入したのですが、誰かと話していても割り込み通話ができるという画期的なシステムに私は驚きました。

「キャッチホン」……1970年11月に電電公社が提供開始した割り込み通話サービス。本格的に普及し始めるのは、NTTになった1985年ごろから。

だって、私がお友達と長電話してるときに、母が「明子！　ママさんバレーの連絡来るんだからもう切りなさい！」と後ろからプレッシャーをかけてくることがなくなるわけですから、それはもう私にとっては大変ありがたい発明でした。実際、キャッチホンはとても便利でした。うちは親戚が多くて電話もよくかかってくる家だったので、電話してると、十中八九キャッチホンが入ってきました。ボタンを押して切り替えて、「いま電話してるから、終わったらかけるね」と伝えればいいわけですから、この機能は本当に便利だなと思っていました。

キャッチホン恐怖症の川越さん

そんなキャッチホンですが、母の仕事先のお友達に川越さんという、母と同い年くらいの女性がいました。ちなみに、母はこの頃、宮崎に引っ越してきて私と弟も5年生と

3年生になり、手がかからなくなったことからか、仕事に出るようになっていました。勤務先はこれまたＮＴＴのテレホンセンターという、一族で全力でＮＴＴにお世話になる、『パラサイト 半地下の家族』とまではいきませんが（いや、後年私もＮＴＴに勤めるのでもはやあの映画と同じです）、とにかくそういう状況でありました。

話を戻しますが、その母の同僚の川越さんという人が、母と仲が良かったのかよくうちに電話をかけてきていました。毎日のように電話がきて、母はいつも楽しそうにおしゃべりしていました。

その川越さんには不思議な性質がありました。

我が家に電話がかかってくる時、母は台所で晩御飯を作っていることが多かったので、その電話に出るのは私や弟の役目でした。電話が鳴って、私がダッシュで電話機に駆け寄り「はい森です！」と出ます。そしてそれが川越さんだと、川越さんは必ずこう言うのです。「ひいっ…ひっ、キャッチ!?　キャッチ!?」

断言しますが、川越さんは１００％そう言ってました。言わなかったことがなかったです。

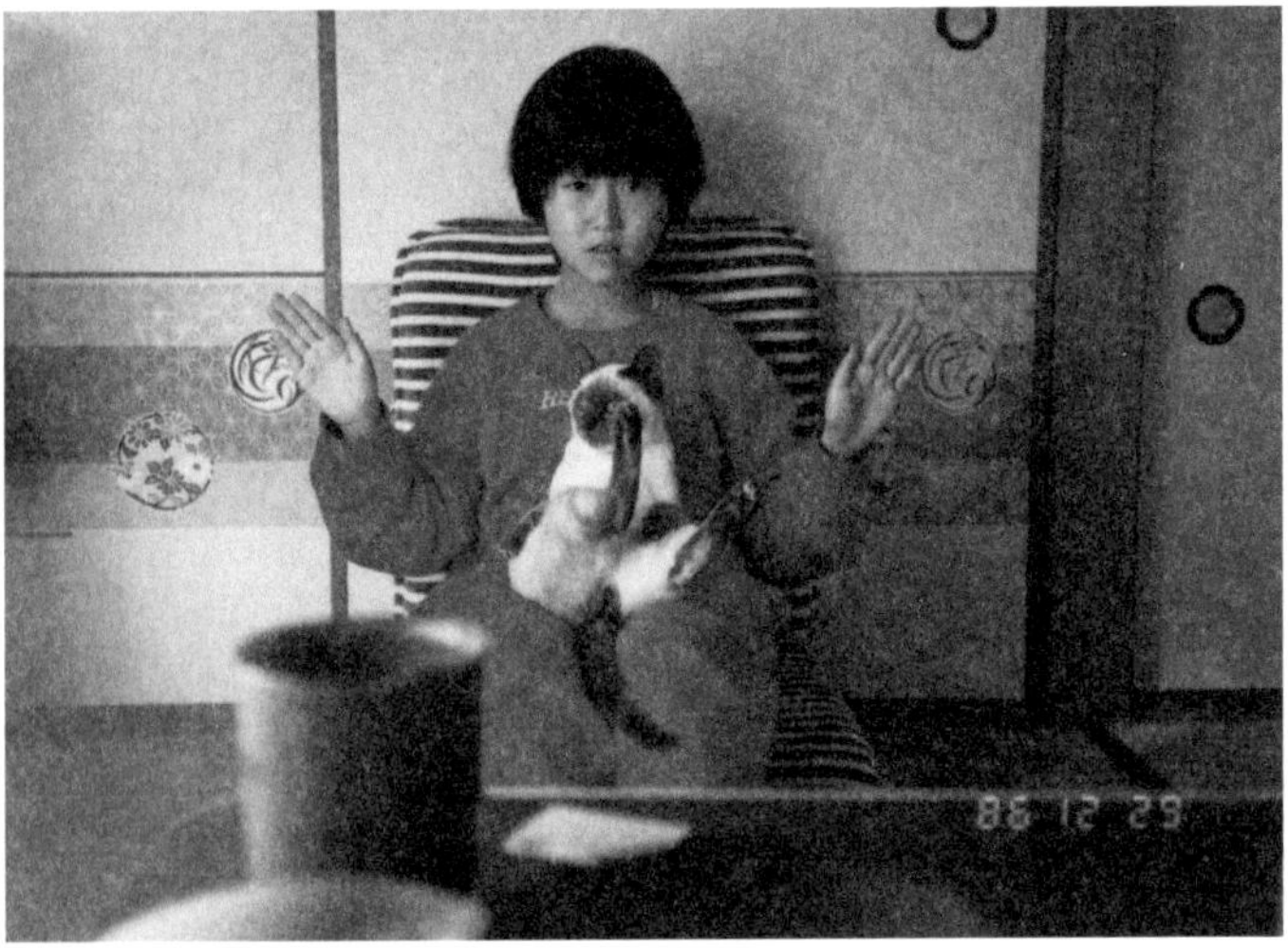

宮崎市の自宅にて、飼い猫のニルスと（小5）

「はい森です」「ひっっ!!　キャッチ!?　ごめんね、キャッチ!?」「いえ違います。大丈夫です」「キャッチ…キャッチ…」

弟もある日「川越さんって絶対『キャッチ!?　キャッチなの!?』って叫ぶっちゃけど」と言ってました。

子供が出るとキャッチだと思うのかな？　私たちがお友達と電話で話してて、だから自分がそこに割り込んでしまったと思っちゃうのかな？　と思ったのですが、母が電話に出た時も「大丈夫よ、キャッチじゃないよ」と言っているのを目撃したので、誰が電話に出ようと「キャッチ!?」と怯えるんだなあと思いました。もちろんそんな人は川越さんだけでした。

ちなみに川越さんは母と街中のちょっといい喫茶店に行った時、コーヒーの豆の種類を何にするか聞かれて、

「ネスカフェで」

と答えた猛者《もさ》です。私はお会いしたことがないんですが、歴史の記録として川越さんのことを書かせていただきました。

修学旅行の夜

江南小学校の6年生の1年間のうち、楽しかった思い出のひとつに修学旅行があります。旅行先は宮崎のお隣の鹿児島でした。1泊だったか2泊だったか覚えていませんが、鹿児島のホテルでみんなで枕投げをした記憶があります。

実は私は小さい時から、夜寝てから夢を見ると、寝ぼけて寝床から出て歩き回る癖があって、両親は本当に大変だったそうです。

私自身、朝起きると押し入れにいたり、ちがう部屋にいることがよくありました。夏休みに串間のおばあちゃんちに泊まっているときも、仏壇のある部屋でいとこ全員が布団を敷いて寝ていて、私が寝ぼけて仏壇を一晩中両足でキックしていたらしく、朝起きたら仏壇の上の御供物やお線香立ての灰が散乱していて、母にめちゃくちゃに怒られました。

夢の中で走ったりケンカしたりしていると、寝ていてもそれにつられて体が動いてしまうというありさまでした。最近はネットで、犬が、寝ているのに足をパタパタ動かして唸っている動画などというのをよく見かけますが、私はその犬と同じレベルの人間だった、ということでしょうか。とにかくそういう子供でした。

ですので、修学旅行に行く前に母が、「明子が寝ぼけてホテルの窓から飛び降りたらどうしよう」と極端に最悪なケースの心配をし始め、「アキちゃん、ホテルについたら、同室のお友達に、『私がもし寝ぼけて飛び降りそうになったら止めて』とお願いしてから寝なさい！」と言う始末でした。

私もバカだったので真に受けて、当時仲の良かったまあちゃんという女の子に、ついその旨を伝えてしまいました。宿泊したホテルの部屋は4階か5階だったので、まあちゃんが「森さんが夢遊病で夜中飛び降りてしまう可能性がある！」と部屋のみんなに情報共有したところ、寝る前にみんなが窓際で恐怖に怯えた顔で、「窓の鍵閉めたね⁉」「閉めたけど寝ぼけて開けたらどんげもならん！」と議論していて、私は本当に申し訳ない気持ちになりました。

結局私は、部屋の一番手前、窓から離れたところの布団で、周りをがっちりお友達たちが囲んで寝る、もし森さんが起きて歩いても私たちを踏むから起きるはずだ、みたいな感じで、緊張と共に床につきました。

そして――、ハッと気がついたら朝でした。修学旅行で興奮して昼間はしゃいだせいで、私は夢も見ずにぐっすり眠り、みんなもおそらくそうだったのではと思います。
しかし当時のクラスメートはみんな、はた迷惑な私のトリセツに怒ることもなく、本当に人間のできたやさしい子たちでした。感謝しています。

人に迷惑をかけておきながらぐっすり眠って絶好調の2日目は、鹿児島の池田湖という湖に行き、池田湖のイッシー（注　ネッシー的な怪物の鹿児島版）の言い伝えの看板を見たり、池田湖にいる巨大ウナギを見たりしました。それから桜島にも行ってフェリーに乗って写真を撮りました。フェリーの上から海を見ると、ミズクラゲがうようよ浮いていてみんな引いていました。

帰りにお土産センターみたいなところで母に鼈甲《べっこう》のペンダントを買い、自分用に「桜島」と書かれた用途のよくわからない壁掛けの板みたいなものを買いました。

このペンダントのお土産は、母が喜んでくれるだろうと思って買ったのですが、母に渡したら一言、「地味やね…」と言われて付けてさえもらえず……。「この人ってマジでこういうところあるよな……」と、私は本気でがっかりしました。

そして、私はこういう「正直ではあるが、裏を返せばノリが悪い女」、そんな女にはならないでおこう。嘘でも、ぶりっ子と言われても、「わあ！　ありがとう！」と笑顔を作ってキャッキャする女になろう、とその時誓いました。悪態は裏でつけばいい、表では松田聖子みたいなぶりっ子になろう、と。

そのせいか、私は子供の頃から『うる星やつら』のランちゃんが一番好きで、ランちゃんみたいな女になりたいと思っていました。

ランちゃんは男の前では可愛くて恥ずかしがり屋の美少女なのですが、ラムちゃんの前では「おんどれアホか」とバリバリ関西弁の口の悪い悪女で、私の理想の女性でした。

今、自分があの頃の理想の女になれているかというと、ぶりっ子は足りないかもしれませんが、裏の顔はかなりランちゃんに近いものがあり、関西弁ではなく宮崎弁ですが、きっちり表と裏を使い分けられていると思います（笑）。

漫画家になってから高橋留美子先生に対談でお会いしたときに、恐れ多くも色紙を描いて交換するという企画があり、私は留美子先生にランちゃんの色紙をお願いしてしまいました。先生はカラーで、ピンクの髪の毛のランちゃんを描いてくださって、本当に感激しました。それからずっと宝物として仕事場に飾ってあります。

『うる星やつら』……１９７８年から１９８７年まで「週刊少年サンデー」に連載された漫画。高橋留美子作。移り気な高校生・諸星《もろぼし》あたると、ひょんなことからあたるの家に住み着いた鬼族の宇宙人・ラムちゃんが巻き起こすドタバタラブコメディ。アニメ化もされた。ランちゃんは、ラムちゃんの幼なじみの宇宙人で、ふだんは愛くるしい美少女だが、怒るとつり目になってドスの利いた関西弁でしゃべる。

いとこの学園祭に行った時の話

私が小学6年生の時、私のいとこの順子姉ちゃんが、宮崎大学に通うためにうちに下宿していた時期がありました。アパートが見つかるまでの間、1年間くらいだったと思いますが、うちの一戸建ての一部屋に泊まってそこから大学に通っていました。

私は大好きな順子姉ちゃんが毎日家に居てくれるなんて！　と本当に嬉しくて、学校から帰ると順子姉ちゃんの部屋でおしゃべりをしたり、大学の話をしてもらったりしました。

秋になって、学園祭の季節になったある日、順子姉ちゃんが「明子〜！　私のクラス、学園祭であんみつ屋さんやるからその食券のイラスト描いてよ！　明子は絵がうまいから！」と言ってきました。私は「私の絵でいいの⁉　描く描く！」と喜んでお手伝いを始めました。

順子姉ちゃんは机の上に、バスの整理券くらいの大きさのマス目で線がダーッと引いてある色画用紙を数十枚ドサッと置いて、「この一枚一枚全部にあんみつの絵描いて」と言いました。顔は、ニコニコしたいつもの順子姉ちゃんの笑顔でした。

私はびっくりして「え？　この、バスの整理券くらいの四角の中に全部絵を描くと？」と確認しつつ、「これさ、一枚だけ描いてコピーすればいいっちゃないと？」と提案しました。

順子姉ちゃんは「カラーコピーは高いし、色画用紙にはコピーできんげな」（注　順子は延岡出身）、「大学生はお金がないんじゃから自分で描くしかないんよ」と言いました。

私は、そうか、大学生はお金ないのか、なるほど、じゃあ描くか……となり、色鉛筆で小さいあんみつの絵を……いくつ描いたでしょうか？　１００は描いたかな？　とにかく順子ちゃんの部屋で黙々と描きました。順子ちゃんは値段とか模擬店の名前とか、字の方を担当して書いていました。

そして学園祭の当日――。私は、うちの母と弟、順子ちゃんのお父さんとお母さん（私の伯父伯母）のみんなで宮崎大学に行きました。

今、これを書きながら逆算したら、私が12歳なので１９８７年ですね。日本に一番元気があった頃って感じでしょうか。学園祭もすごい盛り上がりで、いろんな模擬店やお化け屋敷などがあり、あちこちにお洒落で髪がワンレンの『あぶない刑事《デカ》』の浅野温子さんみたいな大人っぽいお姉さんがたくさんいて、私は「すごい！　一条ゆかり先生の漫画の世界に入っちゃったみたい」とドキドキしました。

お化け屋敷に入ったり、模擬店のたこ焼きを食べたりしたあと、いよいよみんなで順子ちゃんのいるあんみつ屋さんに行こうということになりました。

順子ちゃんはちょっとレトロな着物を着てあんみつ屋さんの女給さん、みたいな感じでお運びをしていました。子供二人とおじさんおばさんたちという、なんか場違いな私たちなのに、順子ちゃんは「お父さんお母さん、おばちゃん、明子！　拓真！　来てくれたとね！　ありがとう！」と笑顔で席に案内してくれました。そして私たちは大学の机を寄せて繋げたようなテーブルの席に5人で座りました。

私は「このチケットの絵、私が描いたんよ！」と鼻高々で、「このビッグプロジェクトに私も関わっている！」とみんなに自慢したい気持ちと、大学生だらけの模擬店に興奮し、周りをキョロキョロしていました。すると、まさにその時、隣のテーブルで大学生のお兄さんたちがとんでもない会話をしているのを見聞きしてしまったのです。

その大学生のお兄さんたちはこんな会話をしていました。

「お前誰いくとや」

「おれはねえ…順子！」

「おー順子か」

私は青ざめました。そのテーブルと隣の私たちの席との距離は、ドトールのテーブル席くらい、そう、つまり、距離はほぼないということです。声も、完全に届きます。もうほんとにすぐそこです、すぐ隣でお兄さんたちが3人、

「順子いくわ」

「おーいいねー」
とか言ってるんです！！！
順子の親が隣にいるのに！！！　両親が！！！

私は大人っぽい少女漫画雑誌「ぶ～け」を毎月愛読していたし、吉田まゆみ先生の『アイドルを探せ』も読んでいたので、その、サイドバックの髪型のお兄さんたちが何を話しているのか、すぐに１００％分かりました。小学生だけどおませだったので、分かってしまったのです。

『アイドルを探せ』……少女漫画雑誌「ｍｉｍｉ」（講談社）に１９８４年から１９８７年にかけて連載された作品。吉田まゆみ作。個性的な面々が住むボロアパートの住人になった主人公の女子短大生・藤谷知香子の日常と恋愛を描く。「ｍｉｍｉ」は大人っぽい作品が数多く掲載されており、主な読者層は高校生・大学生だった。

やばい！　このお兄さんたち、順子姉ちゃんをナンパするつもりや！　宮崎でもナンパとか実際にあるのか！　衝撃！　しかしここには順子の親のおじちゃんおばちゃんおる!!　ナンパが悪いってことじゃなく、この、親戚団体席の横では、それはこちらも気まずいし順子姉ちゃんも恥ずかしいし、……それは地獄すぎる！

と、頭の中がぐるぐるぐるーーっとなっているその瞬間、私の向かいに座っているみっこおばちゃん（順子母）が、私に顔を寄せてきました。おばちゃんは口の横に手を当て、ひそひそ話をするときのポーズでこう言いました。

「アキちゃん、隣のお兄ちゃんたちはね、順子を『ゆうわく』しようとしてるとよ」

ゆ……誘惑！

優しいみっこおばちゃんは、小学生の私がびっくりしないように教えてくれたんでしょう。このお兄ちゃんたちは順子を可愛いと思ってデートに誘おうとしてるんよ、と。それを手短に伝えるために「誘惑」という言葉を使ったのでしょう。

その後、順子ちゃんが私たちにあんみつを持ってきてくれた時に、そのお兄さんたちは「順子ちゃ〜ん、電話番号教えてよ〜」とかなんとか言っていて、順子ちゃんは笑っていなしてたような気がしますが、私はもう、恥ずかしくて恥ずかしくて……。

宮崎でもナンパとか、ある……そんな衝撃の体験でした。

数年前『横道世之介』という映画を観た時、冒頭から「うわっこれ、あの時の学園祭の時の雰囲気そのものじゃん!!」とおののいたのですが、今調べたら、同じ１９８７年の設定でした。

電話帳と三大名字

１９８７年くらいというと、各家庭で電話帳が大活躍していた時代ですよね。毎日、どこに電話するにも電話帳をめくって電話番号を調べていました。あの頃は各家庭に2冊ずつ、電話帳が配られていました。お店や会社の電話番号が載っている「タウンページ」と、個人宅の電話番号も載っている「ハローページ」……でしたかね。お友達に電話する時もその個人宅のほうの電話帳で調べていた大らかな時代です。

突然ですが、宮崎に多い名字というのがいくつかあります。

私の印象だと、黒木さん、甲斐さん、日高さん……あたりが、三大巨頭でしょうか（宮崎県全体だと河野さんも入るらしいです）。特に、黒木さんは、クラスに女子二人と男子二人の四人はいるというくらいの多さで、私の友人にも黒木さんがもう何人いるのかわからないくらいです。

一旦この話は置いておいて――。その頃よく、例えば塾のお友達とか、別のクラスのお友達に電話する用事があったとして、でも同じクラスではないゆえに、その子の家の電話番号の載った連絡網のプリントを持っていないとなると、家で電話帳を引いて番号を調べて電話するということがよくありました。

しかし、電話帳に載っている名前は、当たり前ですが一家の長の名前ですから、その子のお父さんやお爺さんの名前なわけです。珍しい名字なら一軒しかないのですぐ分かりますが、普通の名字なら何十軒かはありますから、なんとなく住所から「あ、りんどうケ丘の住所になってるこの谷口さんがあやかちゃんの家っぽいな」と見当をつけて電話をしていました。個人情報なんて誰も気にしてない時代でした。住所まで載っていたわけですから。

とにかく、あの頃はみんな電話帳をよくめくってました。使わない日はなかったんじゃないかというくらい、ページに折り目がつけてあったり、赤鉛筆で囲んだり、辞書のように使っていました。

仲のいい友達の電話番号は暗記、クラスメートは連絡網、でも連絡網のプリントが見つからないなんて時もあったりして……。

そのためか、あの頃はみんな、友達のお父さんの名前をよく覚えていました。今思うと不気味な話なんですが、池田くんのお父さんの名前は正一、とか、河野さんのお父さんは昭和の昭で昭二、とか…。

なので、何もやることのない暇な日は、友達とひたすら電話帳をめくってクラスメートのお父さんの名前を調べて、「真面目そうな名前やね」とか感想を述べあう遊びをしていました。女の子だけで集まっては、好きな男の子や気になる男の子のお父さんの名前もよく調べました。みんな「正治」とか「正明」とか「昭太」とか、やたら「セイ」とか「ショウ」の字ばっかりだったので、「どの家の年寄りも名付け方がワンパターンだな」と思っていました。

しかし、そんな電話帳も、宮崎の三大名字、黒木さん甲斐さん日高さんの前においては、ただの無力な、分厚いだけの紙の塊でありました。

私たちは「塾で一緒の、隣の小学校の黒木さんに電話しようよ」となっても、電話帳に手を伸ばすことはしませんでした。諦めたらそこで終わりだ、という熱い言葉をよくドラマなんかで聞きますが、私たち宮崎人は「黒木」と聞いただけでハナから諦めていました。

会話としては、「黒木さんに電話したい」「電話番号知っちょると？」「知らん」「そしたら不可能じゃ」でした。

そう、不可能なのです。私の記憶では、電話帳のページが、上から下まで全て黒木さん、黒木さんだけで30ページ、児玉さんだけで20ページ、甲斐さんも20ページくらいあった気がします。いやもっとあったかもしれません。友達の藤田ゆうこちゃんが、「めくってもめくっても黒木さんじゃあああ」と叫びながら、音速でページをめくっていた光景を覚えています。仮にお父さんの名前を知っていたとしても、同姓同名だらけだったと思います。

ＮＴＴが誇るお客様サービスである、電話帳。その電話帳も、宮崎の三大名字の前では無力であったと、宮崎のみなさんはこれを読んで懐かしく思い出していただけることと思います。

初恋の人 徳永英明

私が大好きな歌手、徳永英明さんが『輝きながら…』という曲で大ブレイクしたのもこの年、１９８７年のことです。

初めて『歌のトップテン』（１９８６年４月〜１９９０年３月放送／日本テレビ系）で徳永さんを観た瞬間、私は、人生で初めて稲妻に打たれたような、「ＬＯＶＥ」というアルファベットの四文字が脳天から突き抜けたような感覚に襲われました。

「なんじゃこの感覚は……!!」

小学生だった私は、その感覚を言語化できなかったのですが、今で言えばアイドル好きの人が使う「○○堕ち」みたいな「徳永堕ち」ですね、とにかく、初めての一目惚れでした。

誰がどう見てもハンサムな顔に真ん中分けのサラサラの髪、そして少年のような八重歯と、透明感のあるハイトーンボイス……。

それまで、主に小林よしのり先生の『おぼっちゃまくん』にまつわるコンテンツをメインの趣味活動としていた私が、大人の階段を上った歴史的な瞬間でした。

私はすぐに近所のレコードショップに走り、徳永さんのカセットテープを買いました。

そのカセットが何かも、実はよくわかっていなかったのですが、裏を見ると曲が何曲も入っているらしい、これを買えば徳永さんの歌が複数聴けるとふんで、レジに持っていきました。後でわかったのですが、それは徳永英明の『BIRDS』という3枚目のアルバムでした。

小学生がこんなものを買っていいのだろうかと、震えた手でそのテープをレジに持って行くと、２５００円とか２８００円ですとか言われて、「え…？　カセットテープが２８００円？」と、私は異世界転生したのかというくらいに混乱しました。カセットテープって、２００円くらいでしょ？　みたいな。でも、私は前にも書いた通り、母が

7人きょうだい父が5人きょうだいのダブル末っ子夫婦で、親戚のおじさんおばさんが何十人もいる子供でしたから、毎年お年玉のおかげで、机の引き出しにかなり巨額の貯金がありました。なので、その２８００円を払う能力がありまして、買ったわけです。

そうすると、奇跡が起きました。

レコード屋さんのおじさんが、ポスターをくれたのです。「アルバム買った人にはこれあげる」と。

「アルバム……?」

私はアルバムなんか買ってないのに……（つまり、写真のアルバムだと思っている）、カセットテープを買っただけなのに……と思いつつ、その丸められたポスターをもらって帰りました。

その時点で、知識のない子供の私は、そのポスターがまさか徳永英明のポスターだなんて夢にも思っていません。いつも保険屋さんがウチにくださるような、野の花バックで犬とか猫がきょとんとしている写真のポスターかなんかだろうと思っていました。

ところが——。

「うおあああああ!?」

家に着いて、丸まったポスターを開いて、私は雄叫びを上げました。

そこには、そのカセットテープのジャケットと同じ、茶色いスーツを着てこちらを見ている徳永さんのお姿が……！

決めた！

私はこの人と結婚する！　この人のお嫁さんになる!!

私はそう誓い、まずは、この私の未来の旦那さんの年齢を調べなければ、と思い、近所の本屋さんに走りました。

どうやって調べたのか覚えていませんが、とにかく「明星《みょうじょう》」とか、そういう芸能雑誌を片っ端から立ち読みしたのでしょうか。しばらくしてから、徳永さんが26歳だという情報を入手しました。

私はすぐ母に聞きました。「お母さん、26歳の人と、今12歳の私って結婚できるじゃろか」と。

しかし、母は基本的にガールズトークに乗ってこない人なので、無視されてしまいました。そして母は徳永さんのポスターを見て、「あんた金縛りに遭うよ」という、よくわからない脅しをかけてきました。

まあそれはどうでもいいのですが、とにかく私は小６にして徳永英明の大ファンになり、ファンクラブにも入り、ラジオも毎週聴いて、徳永さんの載っている雑誌は全て買い、全てのエネルギーとお年玉を徳永英明に費やしました。そうこうしているうちに、なんと、徳永さんがコンサートで宮崎に来るという情報をファンクラブの会報で知らされたのです。

徳永英明 in 宮崎市民会館

１９８７年、もしかしたら年が明けて１９８８年だったかもしれません。私が徳永英明さんのファンになって間もないうちに、なんとわが宮崎で、徳永英明コンサートが開催されることになりました。

私にとって生まれてはじめての自発的に行きたいと思えるコンサートでした。

それまで行ったコンサートといえば、熊本に住んでいた頃に親に連れて行かれた武田鉄矢さんのミニコンサート（今思えば、映画『刑事物語』の時のランニングの格好をしていた）と、福岡に住んでいた頃、やはり親に連れて行かれたダークダックスの二つだけ……。

好きな人、そして私の未来の旦那様が宮崎に来る……コンサートというのは、どうやったら行けるのだろうか、どうやったら小6の自分がこの秘密の夜会に潜り込めるのだろうか、私は興奮と期待と不安で頭がおかしくなりそうでした。

今でこそコンサートのチケットの取り方というのは、パソコンやスマホ、コンビニを使ってなど何通りもありますが、当時はどうしたらいいのか皆目見当がつきませんでした。

今の親子感覚で言えば、そんなこと親に頼めばいいとお思いでしょうが、当時の私は、うちの厳しくてノリの悪いお母さんに、「徳永英明のコンサートに行きたいからチケット買って」なんて、そんな〝不良な〟お願いをすることなんてできません。もっと言うと、子供がコンサートに行くなんて絶対ダメだと言われるだろうから、全てを秘密裏に運ぶ必要がありました。

全てを自分一人で進めるしかない状況、周りにコンサートに行くためのノウハウを聞ける大人もいない状況で、小6の私は、ファンクラブの会報誌に「西村楽器店」と書いてあることに気がつきました。チケットの発売は西村楽器店で、と書いてあったのです。

とにかく私は、宮崎市の中心街である橘《たちばな》通りにある西村楽器という楽器屋さんに行くしかないと、引き出しのお年玉をポチ袋ごと何十個もポシェットに詰めて、バスに乗り込みました。親戚という巨大カルテルで正月に愛嬌を振りまいて稼いだお金……子供とはいえ、当時のアキコはお金を持っていました。

西村楽器に着いた小6の私はおずおずとお店に入り、レジのおじさんに聞きました。
「徳永英明のコンサートってどうやったら行けるんですか」
そうしたらおじさんが、「あーはいはい」と言いながら、大きなボール紙のパネルを出してきました。「よいしょー！」

私は何が何だかわからずびくびくしていると、おじさんが「はい欲しい席、このマジックで赤く塗って〜〜」と私にマジックを渡してきました。

なんと、そのボール紙には宮崎市民会館の座席表が印刷されたものが糊で貼ってありました。

座席表の図です。好きな席を選んで赤マジックで塗れというのです。

座席表を見ると、1番前の列の真ん中あたりが15席くらいは赤く塗られて、あとは完全に真っ白でした。私は2列目の真ん中を2席、赤く塗り、おじさんにマジックを返すとおじさんが「はい、3500円が2枚で7000円ね〜」とチケットを売ってくれました。その2枚のチケットを持って私は普通に家に帰りました。

「へ〜コンサートってこうやってチケット買うんだ。簡単じゃん！」

今となってはあり得ない購入方法ですが、昔は地方のコンサートはどこもこんな感じだったんだと思います。コンサートは同級生の女の子に一緒に行ってくれと拝み倒して、2列目のほぼかぶりつきで観ることができました。

小６の卒業式、宮崎市立江南小学校にて。修学旅行で私を心配してくれたまあちゃんと

当時は写真撮影も自由だったのか、「写ルンです」2個分、目の前の徳永さんの写真を撮りまくって、本当に夢のようなコンサート体験となりました。

「写ルンです」……富士フイルムのレンズ付きフィルム。１９８６年７月に発売が開始された。

漫画家になると決めた日のこと

私が宮崎に引っ越してきてから1年、小学校6年生の時に、私の人生を決めてしまうような運命的な出来事がありました。

学校の帰り道に、道っぱたにビニール紐でまとめられたたくさんの本の束を見つけたのです。廃品回収に出された古本でした。

その中に、やたら分厚い漫画雑誌が10冊ほどあることに気がつき、私はそれを全部持って帰りました。

家に帰ってビニール紐を解いてその漫画雑誌をペラペラめくってみると、今まで読んでいた「りぼん」や「なかよし」とは全く違う、大人っぽい少女漫画がたくさん掲載されていました。

「うおっ……？　なんね、これは……」

私はおののきました。今まで読んでいた漫画と、絵が全然違うんです。出てくる女の子たちの顔の描き方が、まるで写真のようなのです。目がいわゆる人間の現物に近い大きさで、鼻筋の影や、小鼻の影まで描いてあったり、ボディも、胸が出てたりウエストがくびれていました。髪の毛も、一本一本が細い線で繊細に散らばったタッチで描かれていて、みんな外国の女優さんのようでした。

カラー表紙もテレビで見る化粧品のコマーシャルみたいに、焼けた肌の美女と水着と海、横にはトロピカルカクテルが添えられていて、私はそれを見て、

「こんな大人な雑誌を偶然小学生が拾ってしまったが、大丈夫じゃろうか。お父さんお母さんにエッチな本だと誤認識されてしまう可能性もあるど」

と焦り始めました。

私は慌ててその本を押し入れに詰め込んで、手前に「りぼん」を配置し、読む時にだけ一冊ずつ取り出して、こっそりではありますが、子供なりに本腰を入れて読むことに

しました。

そして私はまたおののきました。

「なんじゃこりゃあ……こ……こんな世界があったとは……」

そうです、その漫画雑誌とは、80年代の少女漫画雑誌の中で異彩を放っていた、文学的で、先駆的で、前衛的な作品を載せ続けた伝説の漫画誌「ぶ〜け」だったんです。

私が最初に読んだ号は１９８８年の8月号でした。子供には難しいお話もありましたし、ストーリーや男女の会話の意味は分からないけれど、私はその大人な世界観にうっとり……もちろんキスシーンやちょっとエッチなシーンもありました。そのへんはテレビの「火曜サスペンス劇場」や映画『Wの悲劇』で視聴済み、大体意味は分かってる。親戚とのお正月のカラオケでは『恋におちて—Fall in Love—』（注　ドラマ『金曜日の妻たちへ』主題歌）を歌うおませな小学生だった私は、「あたしは人より少し早く、『りぼん』を卒業することにするわ」とばかりに、その拾った十数冊の「ぶ〜け」を、何巡も何巡も、毎日読み続けました。そしていつのまにか「いつか『ぶ〜け』で漫画家デビューしたいなあ」と思うようになりました。

それから、13、14年間くらいですかね、高校生、大学生になっても、私は毎月「ぶ～け」を買い続け、いつのまにか大人になって、23歳のときに「ぶ～け」で漫画家デビューしました。

そのあたりのエピソードは、私の自伝漫画『かくかくしかじか』に詳しく描いてあります。よろしかったら、ぜひ読んでみてください。

「ぶ～け」1988年8月号。判型はA5判、厚さは40ミリ超！

「ぶ～け」……１９７８年創刊の少女漫画雑誌。集英社刊。同社の先行少女漫画誌「マーガレット」と「りぼん」を母体として創刊された。「〝マーガレット〟を〝りぼん〟で束ねて、ぶ～け」で「ぶ～け」と名が付いたという説もあるが、真偽は定かでない。２０００年３月休刊。

わ…
ぶ厚いのが
捨ててある…
ドォ〜ン
ぶ〜け 9
ぶ〜け 10
ぶ〜け 11
ぶ〜け 12

禁！　漫画家になる宣言

私は物心ついた時からいつもお姫様や『キャンディ・キャンディ』の絵をチラシの裏に落書きしていたので、ぼんやりと、自分は大人になったら漫画家になるもんだと思っていました。小学校に入ってからもそう思っていて、他の職業への憧れや、第二の選択肢のようなものもなにもなく、ただただ、漫画家になーろおっと♪　としか考えていませんでした。

ちなみに「ぶ〜け」との出会いは、自分がデビューする雑誌を決めることができたという意味で運命的な出会いでした。「あたしは大人の恋愛が描きたいタイプの作家ってこと、『ぶ〜け』のお陰で気がついたわ……！」と、恋愛もしたことのない小学生のくせにそんなこと考えていました。

『キャンディ・キャンディ』……「なかよし」（講談社）に１９７５年４月から１９７９年３月まで連載された少女漫画。原作・水木杏子、作画・いがらしゆみこ。20世紀初頭のアメリカとイギリスを舞台に、天真爛漫でバイタリティにあふれる孤児の少女・キャンディの成長と恋愛を描く。

しかし、私は、人前で「私は漫画家になる」なんて、そんなことは言いませんでした。特に……親と親戚一同の前では！

なぜなら、数ある漫画雑誌の「漫画スクール」的なページを毎月隅々まで読んでいた私は、漫画家になるのがどれほど大変なことかをよくよく分かっていたからです！

「あ〜この人、また今回もデビューできんかったわ」「あららこの人、前回より厳しい批評貰っちゃってるよ」

みんな私よりお姉さんで、絵もすごく上手いのにデビューできない、たまにいきなり高得点でデビューする人っていうのは、とんでもない画力とストーリー構成力のある、いわゆる「天賦の才能」を持っていると思われる天才で、子供の私は「まあ私も子供のうちは無理やな」と、まじめにノート漫画を描くことすらしませんでした。毎日テキトーな落書きをしながら「大人になったら何かすごいアイディアが降りてきてすごい漫画が描けるはず、その時を待とう」とのんびり構えていました。

私は誰よりも漫画の厳しさを分かった上で、子供時代に努力しても「それはどーせ無駄」と思いながら、しかし心の中では本気で漫画家を目指すという、よく分からない状態で、ただ毎日「これも漫画家になるための勉強じゃ」と、ひたすら漫画を読むという、本当にナメた生活をしていました。

しかし私は、転校が多かったせいで身についてしまった「人からどう見られるか」という客観性は持っていたので、努力をしていない自分が、「あたし、漫画家になる！」と他人様《ひとさま》の前で宣言することは、それは大変みっともないことだとわかっていました。声高らかに宣言しておいて漫画家になれなかったら恥ずかしいし、バカだと思われるし（既に十分バカなのですが）、この夢はなるべく隠しておいて、デビューしてから発表するのがいちばんカッコいいと思っていました。

でも、私と同様に漫画が好きな弟にだけは、私は将来漫画家になるけん、となんとなく話していました。

そんなある日、事件が起きました。

親戚みんなが集まっている席で、弟が言ったのです。

「姉ちゃんは、将来漫画家になるって言ってるよ」と。

みちこおばちゃん、よっこおばちゃん、みっこおばちゃん、ようこおばちゃん（注　みちことみっこ、よっことようこは別人、ここにいるのは計四人の伯母）。いとこのともちゃん、よしこちゃん、ゆっこねえちゃん、じゅんこねえちゃん、しげこねえちゃん、その他大勢……！　みんなみんないる前で!!

「姉ちゃん漫画家になるんやろ？　ねえ？」

と言われたのです。

みんな、一瞬しんとして、私を見ていました。あの空気が忘れられません。

その時の私は、弟に対してこう思いました。

「恥かかせやがって…！　こいつ…一生許さん…!!」と。

漫画家はそんなに甘い職業じゃないんだよ。なろうと思っても誰でもなれるものじゃないんだ！　みんなみんな、漫画が好きな子供は漫画家になりたいけど、本当に漫画家になれるのは、ほんの一握りの、才能がある人たちだけ……。

こんな、宮崎の田舎でなんの努力もしてない私なんかがなれる職業じゃないんだよ！！！

私は心の中でそう叫びながら、夏休みに親戚一同の前で、「茹でたとうもろこしかなんかを食べながらのゆるいトーク」の流れで、「突然夢を親戚全体に晒《さら》された屈辱」に顔がカアッと熱くなり、ただ下を向いて、とうもろこしの黄色い整列の歯もげになった部分を見つめていました。

なぜ今…急に…せめて元旦の今年の抱負！　みたいな時ならまだしも、将来の夢をバラされても、「元旦だし！」みたいな救いがあろうものを、よりによってとうもろこし……！

漫画を舐めるな。弟よ、漫画を舐めるな。

漫画家という職業を舐めるな。

プロ野球選手を目指しているのと同じなんだ、私のやろうとしてることは（何もしていないが）。

当時はそんなふうに思っていました。

そして大人になり、私は運良く漫画家になれたのですが、その弟も、数年遅れてなぜか漫画家になりました。

漫画家って、意外と誰でもなれるもんなんだな、と思いました。

6　思えば電話にまみれて生きてきた

実は演劇部に入っていた黒歴史

私は、1991年に宮崎県立宮崎西高校という、当時県内でも有名な進学校に入学しました。

漫画家になるのにどうしてそんな進学校に行ってしまったんだという感じですが、家からいちばん近かったのと、仲のいい子がみんな西高に行くというので、私も行かないと寂しいな、と思ったのが動機でした。近所の進学塾に毎日通ったり、小学校からの友達、才女の川原さんに数学や歴史を毎日マンツーマンで教えてもらったり、それなりに勉強しました。もともと要領のいい私は、一次関数の数式をグラフの傾きの雰囲気だけで当てるという技を身につけ、三角形の角度を算出する問題では、その三角の図の角のとんがりの幅を目でよく見て、見た感じで角度を毎回きっちり当てていくという視覚１００％の攻略法で苦手な数学を乗り切りました。

他の科目でいうと、国語は得意だったのですが、とにかく英語が苦手で、受験の日も英語のヒアリングがさっぱりわからなかったのですが、なんとかうまいことギリギリで合格したようでした。

高校に入学してすぐ、私は演劇部に入りました。

実は私は『ガラスの仮面』にはまりすぎて、中学生のときも演劇部に入っていたのです。主に泥棒の役などをやっていました。小学校、中学校と仲の良かった穂之上奈美ちゃんという友達も演劇部に入ると言うし、文化部の部活って遊びの延長みたいなものなので、仲がいい子がいるとこに入ろうかな、という感じでした。
そうしたら、せっかくだから、高校の演劇部では演者ではなく、脚本とかを書いてみようかなと思っていました。

『ガラスの仮面』……１９７６年１月より「花とゆめ」（白泉社）で連載が始まった少女漫画。美内すずえ作。なんのとりえもなく見た目もサエないが、演劇にだけは天才的な才能を持つ少女・北島マヤが主人公。往年の大女優・月影千草にその才能を見いだされ、演劇の道へ。月影千草が上演権を持つ演劇界幻の名作『紅天女《くれないてんにょ》』の主演を継ぐ本命候補者として、さまざまな陰謀や困難を乗り越えていく。２０２３年６月現在未完。「漫画業界初の３世代待たせている漫画」（by東村アキコ）として、そのストーリーの行く末が常に注目されている。

私はそもそも幼稚園の頃から、なぜかお姫様みたいな役が回ってきたことがなく、それまでやった役といえば、「蓑虫《みのむし》（蛾の幼虫）」「力太郎の敵の化け物（手足が４本ずつということで、男子と二人で二人羽織《ににんばおり》的に体をくくられて金棒を振り回す）」「泥棒」でした。

配役は先輩達が決めて、泥棒の役の時は、「アキコちゃんは泥棒で酔っぱらいの役だからほっぺたと鼻を赤く塗れ」と先輩に言われて、私はその時初めて、「あ、私って、可愛い子っていうポジションじゃないんだ！」と気がついてびっくりしました。

たしかに中学時代は、本当に誰からも1回も、可愛いねとか、将来美人になるねとか、全く言われずに過ごしました。中学時代の写真を今見ると、ショートカットで癖っ毛で髪が爆発していて、そして毎日お菓子ばっかり食べてパンパンに太っていて、本当に可愛くないのです。こんなにイモい女子中学生、令和の時代では見たことないな、という感じです。

そういえば、あの頃はよく先輩から「アンパンマンに似てるね」と言われていました。顔が丸かったからです。

そんな経験から、私に女優はとてもとても無理だな、可愛くないしね！　かといって、まだ泥棒とか山姥《やまんば》とかやる気はないよ、そこまでは落ちてないよ、と。

そういう意味で、高校では純粋に裏方をやろうと思って演劇部に入ったのです。

でも、顧問の先生とノリが合わなかったんですよね。演劇部の先輩たちはほんとうに優しくて楽しかったんですが、顧問のお若い男の先生が、なんか…東京弁っていうか…

宮崎弁じゃなかったんですよね。東京の大学を卒業されていたと思うんですが、「いいじゃーん、やっぱいいよねーそれ」みたいな。

そこになんか、すごく違和感を感じて（それだけかい！）、部活に行かなくなっちゃったんですよ。それくらい、当時の私にとって、東京って遠い存在だったんですよね……きっと（かっこよく言うな！）。

でも、若い時ってそういうことありませんか？　田舎育ちの人なら分かっていただける感覚だと思います。

そして私は、美術の時間に、美術部の顧問をやってらっしゃる田中先生という美術の先生に、「きみ絵上手いね～美術部入ったら？」とスカウトされて、美術部に入ることになりました。

不思議なことに、誘われるその時まで美術部に入ろうと思ってなかったんです。漫画家になることと、美術の勉強ってあんまり関係ないと思っていたんでしょうか。

でも、そこで美術部に入って、そのおかげでデッサンを本格的に学ぶことができて、しまいには美術大学を目指すことになりました。

そのあたりも『かくかくしかじか』という自伝漫画に詳しく描かせていただきました。

『かくかくしかじか』……「ココハナ」（集英社）に2012年1月から2015年3月まで連載された東村アキコの自伝的漫画。女性漫画家版「まんが道」として知られる。漫画家を夢見る高校生・明子は美大進学を志し、受験対策のため通った日高絵画教室で、スパルタ指導（でもときどき少しやさしい）の日高先生に鍛え抜かれる。特訓の成果もあって、明子は晴れて美大に合格。大学生活を満喫するが……。主人公の人生に大きく影響を与えた恩師との出会い、葛藤、そして別れを描く。第8回マンガ大賞、第19回文化庁メディア芸術祭マンガ部門大賞を受賞した作品。

中学の演劇部でやった「泥棒」の役
（上級生が勝手に決めた）
パン
パン
あ…
私ってこっち
なんだ…
あれえ…？
酒瓶

西高美術部は宮崎の自然と共に

演劇部のみんなには申し訳なかったのですが、みんなは私を温かく美術部に送り出してくれました。

顧問の先生には呼び出されてけっこう怒られましたが（なんで怒られにゃいかんのか）、穂之上奈美ちゃんが演劇部で頑張ってくれて、部長になり、奈美ちゃんのおかげで演劇部も盛り上がり、そのうち私も美術部の部長になって、文化祭では協力体制で舞台のセットの絵を描いたりしました。

美術部のメンバーは本当に仲が良くて、男の子も女の子も後輩も、一生の友達が何人もできて、47歳になった今もよく連絡を取り合っています。

あの頃は美術部のみんなでよく海水浴やスケッチ旅行に行きました。

夏休みは日南《にちなん》線という鉄道路線の一両電車にみんなで乗って、日南の大堂津《おおどうつ》海岸という海水浴場に行ったり、その近くの栄松《さかえまつ》海水浴場という美しい海で素潜りをしたりしました。美しい熱帯魚をたくさん見ました。

宮崎は海水浴場が何カ所もあったので、泳ぐビーチは選び放題でした。うちのおばあちゃんちは、すぐ目の前が高松海水浴場でした。

東京に住んでかなり経ちますが、海水浴場の選択肢が少ないし、人は多いしで、なかなか厳しいものがありますが、頑張って伊豆の方まで行くと、宮崎や鹿児島によく似た海があちこちにあって、ほっとします。

いつだったか、高校の美術部のスケッチ旅行で海に行った時、どこかの港の堤防にみんなでスケッチブックと水彩絵の具を広げて海の絵を描きました。

私は堤防から海の水面をのぞいて、水中に見えるシマシマの熱帯魚の様子を描きました。なかなか上手く描けたので、上機嫌で宿に戻りました。

ところが夕方。お互いに感想を言い合う合評会で、一つ下の後輩の山下昇平くんという子が、私の絵を見て「水面の反射してるとこは魚見えんと思うんですけど。おかしくないですか」と言うんです。頭にきた私はその昇平くんに、「後輩のくせに生意気言うなおまえは」と低い声で耳打ちしました。彼は黙りました。

でもその後、大学に入って本格的に絵の勉強を始めてからも、漫画家になった今、47歳になっても、「あの時昇平が言ったことって正しかったよな」と、海や川の絵を描くたびに思い出します。

その時の昇平の絵は私のとは違って、異様でした。そもそも、海すらも描いてなかった気がします。干からびたくらげとかそういうものを描いてたような？　でも、変なんだけど、気持ち悪いんだけど、私とは違う、いわゆる「天賦の才」を感じました。

山下昇平くんは、その後、有名な舞台芸術家、そして人形作家になりました。

私はあの時に、どこかで昇平の才能を感じ取っていて、それに嫉妬して、あんな態度を取ってしまったのかな、とも思っていました。が――、あの時はせっかく海で楽しく気分良く描いたのに、後輩がケチつけたから純粋にめちゃくちゃむかついただけだったな、と、今再確認しました（笑）。心の狭い未熟者でした。

昇平も今は東京に住んでいて、私の引っ越しに手伝いにきてくれたり、展覧会や対談でたまに会ったりします。

今も精力的に、不気味で素晴らしい作品を制作していて、素晴らしいなと思います。

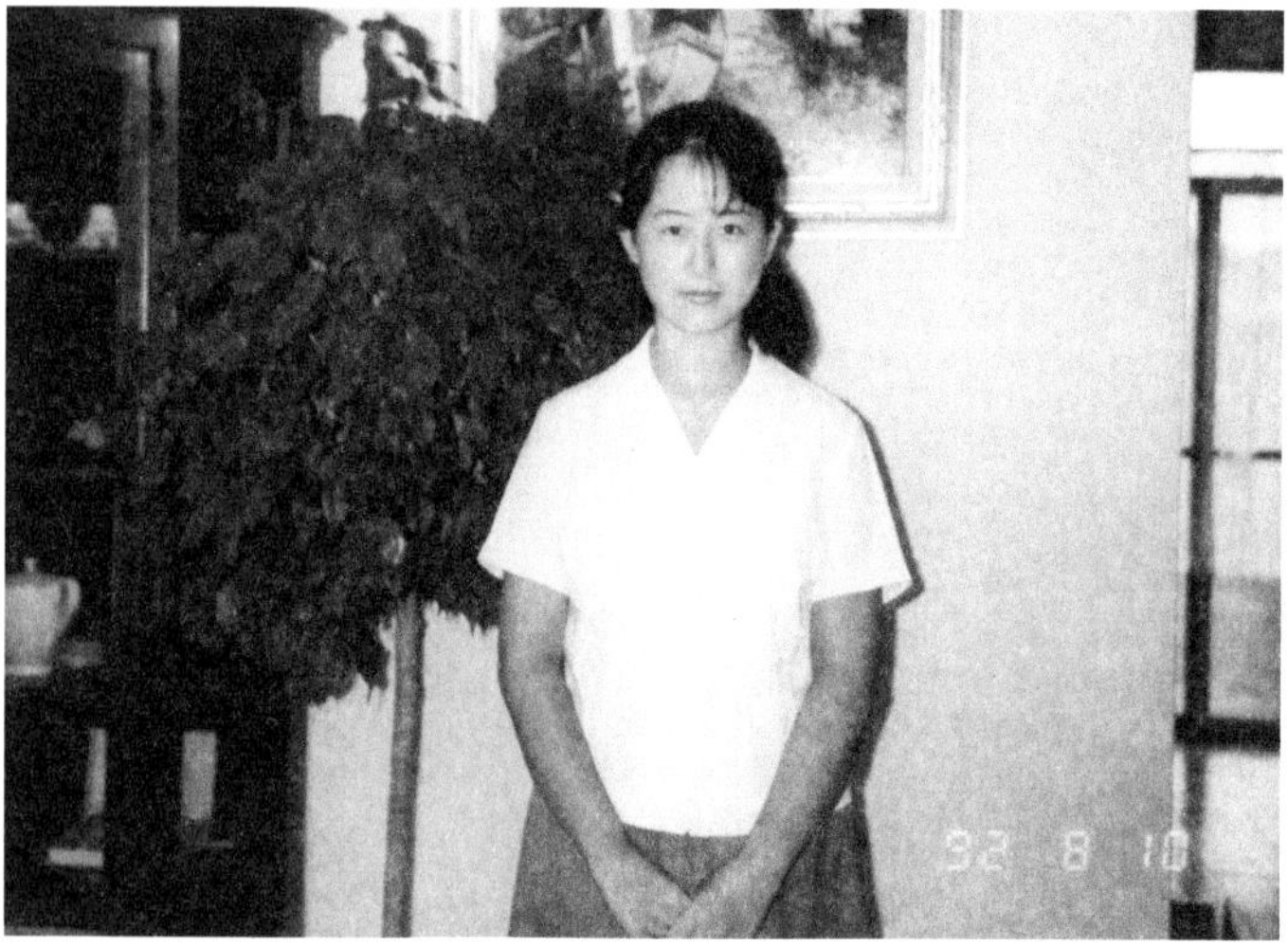

16 歳、宮崎県立宮崎西高校２年生の時、自宅にて

森下広一選手と電話帳

１９９２年、私が高校２年生の時、スペインのバルセロナで開催されたバルセロナオリンピックは本当に盛り上がりました。

中でも宮崎県民が熱狂したのは、男子マラソンの中継です。なんせ、宮崎県に会社がある「旭化成」という企業に所属しているマラソン選手、谷口浩美《たにぐちひろみ》選手と森下広一《もりしたこういち》選手という二人の選手が出場したからです。

マラソンオタクの生物の先生が、中継の前々日に生物の授業を丸々潰して、この二人なら金銀いける、と理論的に解説してくれて、私たち生徒はみんな、宮崎県在住の選手が、遠くバルセロナで金銀メダルを首にかけて表彰台に上がることを夢見て、テレビの前で応援態勢に入りました。

若い方は知らないと思うのですが、あの男子マラソンは、本当に伝説の中継になりました。信じられないことが次々と起こりましたから。谷口浩美選手の靴が脱げた時は、宮崎中が、いや日本中が「ああああああああああ」と断末魔の叫びを上げましたよね。

父の健一は、あの瞬間「あいたーーーーーーー」と叫んで畳にゴロンとあお向けにひっくり返っていました。

さあ、突然消えた谷口選手を気にして振り返りながら走る後輩の森下選手、せめて、せめて森下だけでも行ってくれ、金を取ってくれ……と宮崎中、いや日本中が祈る中、最後の坂道でスパートをかけた韓国の黄《ファン》選手に追い抜かれた時も、健一は「あいたーーーーーーーァァァァァア」と畳にひっくり返ってのたうち回っていました。

結果、森下選手は銀メダル、谷口選手は8位でした。きっと永遠に語り継がれるであろう42・195キロの激闘に私は本当に感動して、そして、若くてイケメンな森下広一選手の大ファンになってしまいました。

バルセロナオリンピック男子マラソン……優勝候補の一人と目されていた谷口浩美選手が、20キロすぎの給水地点で、他の選手にかかとを踏まれて、靴が脱げて転倒するというアクシデントが発生、日本中が絶叫した。30秒ほどのタイムロスが生じたが、その後追い上げ、谷口選手は8位入賞を果たした。

一方、森下選手は、終盤、韓国の黄選手とのマッチレースとなったが追い抜かれ、惜しくも2位に。

目的のためなら手段は選ばない女アキコ

森下選手のファンになった私は、狂ったように、連日森下選手の絵を描くようになってしまいました。スケッチブックにカラーで何枚も何枚もバルセロナで走る森下選手の絵を描きました。

そうこうしているうちに（よく考えたら森下さんって宮崎県に住んでるんだよな、バルセロナにずっといるわけじゃないもんな）と、気がついて、森下選手はどこに生息なさっているのかを調べ始めました。

旭化成は宮崎県の延岡市という街にあるのですが、私の住む宮崎市から延岡市はすごく遠くて、高校生の私は、ほとんど行ったことがありませんでした。当時はネットもないし、どうやって森下さんの出没場所を見つければいいのかと困り果てる……こともなく、私はすぐにうちの巨大カルテル、親戚ネットワークで、延岡市に住む工藤のおじちゃんの家に電話しました。

「あ、おじちゃん、私！　明子！　ねえねえ森下さんて延岡に住んでると？」

「そうじゃろねえ、旭化成やから」


……これで森下さんが延岡に住んでいることは確定しました。さて、親に頼んで車で2時間以上かかる延岡に連れてってもらうか……。でも、親がついてきちゃあ子供と思われちゃうな……出会いとしてはよくないな……（バカな私は、徳永英明から森下選手に乗り換えて結婚するつもりでした）。


なんて考えていると、ある日ニュースで「森下選手が鳥取のマラソン大会に出場、バルセロナ後初の大会」と報道しているじゃありませんか！

鳥取……ということは、つまり飛行機であっちまで行ってるということか？　ということは宮崎空港（うちから車で15分）から、飛行機に乗って鳥取のほうまで行ってる？　じゃあ、帰りも宮崎空港に帰ってくるってことだよね？

私は宮崎空港で森下選手の鳥取からの帰りを待ち伏せすることにしました。

問題はその、宮崎に戻ってくる日がいつなのか、何時なのか。

もちろん、朝から晩まで待つことくらいは容易《たやす》いことだし、学校だって休めばいい。

マラソンファンの生物の先生も許してくれるはずだ。

しかし、せめて日にちだけは知りたい。何日も待ち伏せするのは、さすがに厳しい。

どうしたらいいんだ……？


考えに考えて、高校2年生の私はある作戦を思いつきました。

なんとその作戦は、旭化成に直接電話をかけて、聞くという作戦です！

（旭化成にゃ平日の昼間しか人がおらんだろう）と考え、学校の職員室のところに設置されている公衆電話から…午前11時頃だったでしょうか…授業の合間の10分休み、旭化成の社員のみなさまのお昼の休憩前の時間、それくらいを狙って、10円玉を用意して電話をかけました。

あの瞬間のことは今でもはっきり覚えています。

手が震えて10円玉をうまく入れられなかったこと、ピンク電話のダイヤルを指で回した時のジージーという音…それに重なる私の心臓のバクバク音……。

プルルル……プルルル……。

ガチャ。

「はいー旭化成ですがぁ」（おじさんの声）

「お世話になっております、私、宮崎西高新聞部の森と申します」

……これも作戦のうちです、そうです私は、なんと、新聞部のふりをしたのです。ちなみにうちの高校には新聞部なんて部はありませんでした（許してください、30年前の話です）。

「あーはいはいどうもー」（おじさん）

「お尋ねしたいんですが、森下広一選手、鳥取の大会からいつ帰って来られますか？」（私）

「あーはいはい、ちょっとまってくださいねー。（横の人かなんかに）おーい日高くん～！　森下くんなぁいつ帰ってくるちゅーてたけ？」（おじさん）

「あー、明後日の2時の便て言いよったけどねー」（別のおじさんの声）

「あーどうもどうも、明後日の2時の便だそうですわ～」（おじさん）
「ありがとうございます」（私）

ガチャン……。
作戦……成功……！
（つづく）

決戦の時

海外ドラマのＣＩＡばりの裏の手を使って、森下選手の帰りの便を突き止めた私は、学校を早退し、飛行機が到着する2時に、宮崎空港の到着ゲートでサイン色紙とカメラを持って森下選手を待ち構えていました。

あのおじさんたちは、「2時の便やげな～！」と言っていたけれど、それに本当に、あのついこの間、テレビで見ていたバルセロナで銀メダルを取った国民的スターの森下広一選手が乗っているのだろうか!?　仮に乗っていたとしても周りにお付きの人たちがたくさんいて、私なんか近づけないんじゃないだろうか？　いや、もしくは有名人用の出入り口かなんかがあって、そこから出入りするから、私が気がつかないかも……そんなことをぐるぐる考えて、私は期待と不安と興奮でおかしくなりそうでした、しかし、その瞬間はやってきました。

森下選手が乗っているとあのおじさんたちが言ったとおりの2時到着の便名がモニターに映し出され、そこの手荷物レーンが回り始めて、パラパラと人が出てきました。

その中に……森下選手がいるではないですか!!

私は体中の血液が頭にカーーッと上がってくるのを感じながら、森下選手とその周辺を素早く目視でチェックしました。

森下選手はジャージにスポーツバッグ、帽子も被っていないしサングラスもかけていない……。

周りにマネージャー的な人は……あれ？　いない？

あれ？　一人？　うそ……。

森下さんは一人でした。

ふつうのジャージとふつうのスポーツバッグで、手荷物も取らずに、スタスタ出口に向かって歩いていらっしゃいました。私は白目を剝《む》きながら駆け寄り、

「森下選手！　大会お疲れ様でした‼」

と声をかけました。

森下選手は、「あ、ありがとうございます〜」とふつうに返してくださいました。

私はすかさず「あの、これにサインもらえませぬかっ」とハンカチを差し出してお願いすると、「あ、はーい」と、ハンカチにサラサラとサインしてくださいました（なぜ色紙ではなくハンカチにしたのか、当時のアキコの頭の中が理解不能です）。ちなみに、そんなことしてるのは私だけで、私の他に出待ちしているファン、みたいな人は全くいませんでした。

サインをいただいたあと、さらに図々しく、「写真を一緒に撮っていただけませんでしょうかっ」とお願いしたら、「あ、はーい」と快く応じてくださいました。

私を止める関係者もいないし、そもそも、人があんまりいませんでした。

写真を撮ってもらって、私は（もう、これはすごい撮れ高だ、よし！　これ以上は迷惑になる）と思い「ありがとうございましたっ」と頭を下げて、少し離れた位置から森下選手の姿をお見送りしようと、ズザーっと壁際まで後退《あとじさ》りしました。

ああ、憧れの森下選手！　を3メートルくらい離れた場所で見つめていると、森下さんが、空港の到着ロビーの端にあるグリーンの公衆電話コーナーにとことこ歩いていき、どこかに電話をかけようとなさっているではありませんか。荷物を置いて、小銭を出して、なんと……そこに設置してある電話帳を引き始めたのです。

その瞬間、私の足は勝手に動いていました。

頭で考えるより先に足が…私は、低めの姿勢でダッシュでその公衆電話コーナーの森下選手の横に駆け寄り、片膝をついて森下さんを見上げて…（この間2秒）。

「森下さん！　私、電話帳引きます！　父がＮＴＴなんで！」

電話局勤めの親を持つ子にとって、電話帳は体の一部のようなもの……。いや、言うなればその電話が、そのグリーンの公衆電話そのものが、私たち電話局ファミリーにとっては「うちのやつ」なのだ……！

あの森下選手が、うちのやつ使うて電話ばかけようとなさっちょる。

それを手伝わずして電話局の娘と言えようか……！

森下選手は「あ、ほんと？　ありがとう」と電話帳を私に差し出してくれました。

「どこにお電話されますか!?」「えっと、会社に……」（なんで旭化成は迎えに来とらんとか！　メダリストぞ!?）（注　私の心の声です）

私は幼少の頃からの電話帳引きで鍛えられ、電話帳めくりマシーンと化した指で、

「旭化成！　企業タウンページの『あ』！」と、ものの数秒で電話番号を見つけ、森下さんに跪《ひざまず》いて差し出しました。

そして森下さんがそれを見て無事電話をおかけになり、「あ、森下ですー着きましたー」と言って電話を切るのを見守って、森下さんをお見送りしました。

森下さんはまさかの、普通にバスかなんかに乗ってお帰りになりました。

ああん！　こんなことなら、父・健一のカローラを出動させて延岡まで「健一走り」（注　父・健一の運転を指す森家の言葉）でお送りしたのに！　と地団駄を踏みましたが、とにかく、予想以上の結果に私は大満足で家に帰りました。

すぐに写真を現像して、次の日かその次の日に、生物の先生に見せに行くと、先生は私と森下選手のツーショット写真を見て「うおおおおお！　森!!　すげえやねえか！　やったね、あんた！　すごいすごい！」と、学校をサボったのにもかかわらず、ものすごく褒めてくださいました。

私はこれで、高校卒業したら森下選手のお嫁さんになれると思い、クラスメートにも写真を自慢し、天にも昇る心地で毎日を過ごしていました。

その数カ月後、天から地獄に叩き落とされる出来事が起こるとも知らず……。

（つづく）

ズザー
電話帳なら私、引きます!! 父がNTTなんで!!!
あ… じゃあお願いします

クラス全員が目撃した失恋の瞬間

高校2年生の秋、森下広一選手とまるで少女漫画のような出会い（どこがじゃ）を演出することに成功した私は、憧れだったテレビの中の人が一気に「身近な知り合い」になったような感覚に陥り、森下選手にリアルに恋心を抱く危ない女子高生になりつつありました。クラスのみんなにも、私はいかに森下選手が好きかアピールし、「見て見てこれ、森下選手の絵描いたとよ」とみんなに見せて、出会いのエピソードをしゃべり回っていました。そんな私を、みんなも「森下好きの森さん」として応援してくれていました。まだストーカーという言葉がない牧歌的な時代です。

そんなある日、普段は遅刻なんて全くしない私が、なぜだったかその日は珍しく寝坊して、朝ごはんも食べず朝のテレビを見る暇もなく、大慌てで登校したのです。ちょっと遅刻でした。

教室に着くと、朝のホームルームが始まっていました。あー遅刻しちゃったー、でもまあ授業はまだ始まってないからセーフかな、などと思って、教室の前方の扉をガラッと開けた瞬間…小学校、中学校、高校とずっと同じ、うちの近所の池田くん、通称池やんが、教室中央あたりの席に座ったまま、扉を開けた私に叫びました。

「森さん！　森下結婚したよ！」

シン……。

静まり返るクラス。みんな着席した状態で私を見ています。

実は、私はそこからはあまり覚えてないのです。

しかし、同窓会で決まってその話になるので、その時の様子は同級生たちから聞いています。

私はその瞬間、池やんが叫んだ後、3秒くらい無表情で静止したあと、

「帰る！」

と叫んで扉をピシャンと閉め、消えたそうです。

何年経っても必ずその話になります。40歳の同窓会でもその話をされました。その瞬間の私の真似をするんです。池やんが。「帰る!!」ピシャン!!

実はその日の朝の全国ニュースやワイドショーで、「バルセロナ銀メダリストの森下選手が結婚！」と大々的に報じていたそうです。私は寝坊してそれを見ていなかったのです。見ていたら学校なんて休んでいたと思います。

――私が学校から消えてそのあとどうなったか――。

記憶があるのはその数時間後からでしょうか。

私は気がついたら、うちと高校の間くらいにある、小さい山の上の給水塔の前の芝生《しばふ》の上に倒れていました。

給水塔の横に、すごく小さい神社があって、そこの木に「奉納」と手書きの墨字で書かれた白い布が揺れていて、その奉納の横に「藤田優子」と筆で名前が書かれていました。

その時の私のいちばん仲のいい子が美術部で一緒の、これまた小学校から一緒の藤田優子さんで、倒れたままそれを見ながら、「え…？　藤田……こんなことするタイプ……？」と思いながら、自分の頰に涙がつたっていることに気がつきました。

そうか…森下さん…結婚したんだ……。

へえ…誰と……？

わたしが大人になるのを待っててくれなかったんだね……（涙ツー）。

私は泣きながら芝生に座り直し、なんでそんなことしたのかわからないんですが、母が持たせてくれたお弁当を広げて食べ始めました。

その時……！

ウーー。

という唸り声が聞こえて、泣きながら振り返ると、高橋よしひろ先生の『銀牙―流れ星 銀―』に出てくる敵の犬のような大きな野犬がこちらに近寄ってくるではありませんか！

死ぬ……！

犬嫌いの私は、テレビの『日本昔ばなし』で観た「三枚のお札」の影響なのか、食べ始めたばかりのお弁当をその犬にぶん投げてその場から全速力で逃げ、長い石段を駆け降り、そのまま泣きながら家に帰りました。

なので、私の記憶としては、寝坊↓池やん↓給水塔↓奉納↓野犬　です。

私の失恋の瞬間は、クラスメートみんなの記憶に刻まれることとなりました。

でも、その次の日かな、みんな私に優しい言葉をかけてくれて……宮崎の子たちは本当に優しいんです。私の身の程知らずの恋をからかったり、笑ったりする人は誰もいませんでした。みんな、

「あと何年かしたら森ちゃんがお嫁さんになるはずだったのに悔しいーっ」

と言ってくれました。男子も意地悪なことを言う子はいませんでした。そもそも、高

校時代に男子に嫌なことを言われたことなんて全然ないなと思います。今でもたまに、あの時の2年5組の仲間と東京で会ったりグループＬＩＮＥで話したりしますが、みんな本当に優しいし、男子も紳士だし、宮崎を離れたからこそ、本当に宮崎人の気質って稀《け》有《う》だなと思います。

ちなみに、奉納の〝藤田優子〟は「私じゃないよ！　怖い」と言っていたので、同姓同名の方だと思います。

また、藤田と池やんは、幼稚園から一緒で、小学校、中学校、高校もずっと一緒で、しまいには二人ともなぜかたまたま茨城大学に行くという、奇跡の幼なじみとなりました。

なぜか電話に縁がある人生

それから私は、石川県の金沢市にある金沢美術工芸大学という公立大学に合格し、進学することになりました。大阪や東京の美術系の大学も受験しましたが、東京学芸大学は落っこちて、大阪教育大学の教養学科芸術専攻は受かりましたが、純粋な美大に行きたいなという気持ちがあって、よりによって宮崎と全く気候の違う北陸の雪国で一人暮らしを始めました。

あの頃は「電話の権利」という謎のルールがあって、電話番号を持つためにはその権利というものを買わなければいけないという、今考えると不思議なのですが、とにかく一人暮らしで電話を持つからその権利が高くて大変だとか、そんな話を、卒業間近の同級生とよく話していました。

しかしうちは電話会社勤めだからかなんなのか、父が「俺の権利もう1個あるから、それ使えばよか」とかなんとか言って、私はスムーズに電話を持つことができました。

金沢時代の話は、またまた『かくかくしかじか』で細かく描いたので、それを読んでいただくとして……（宣伝みたいで申し訳ありません）。

金沢での4年間が終わって、就活もせず、「そろそろ漫画家になるために本格的に漫画描かないとまずいな」などと思っていたら、親に「宮崎に帰って来い」と言われ、仕方なく宮崎に帰ったら、なんと、すでにNTT宮崎支店に就職が決まっていました。

私は、アルバイトでもしながら、実家暮らしの家賃もない状態でのんびり漫画を描いてみようと思っていたので、いわゆる「親のコネ」でＮＴＴに会社員として入るという、まさかの親の「もうこれ以上遊ばせんぞ」という気合いに震えました。ああ、もう青春は終わりなんだ、私は大人として社会人として全てを我慢して生きていかなきゃいけないんだと。

しかも、そのＮＴＴでの仕事内容がまさかの……「支店長の秘書でお願いしといたけん」（by健一）。ひ、秘書……？　秘書って、ドラマとかで見るあれ？　無理、絶対無理、私太ってるし、あんなピッタリしたベストとスカートなんて着られないし、お茶淹《い》れたりとか、スケジュール管理したりとか、私がいちばん苦手とすることばかりじゃん、無理無理無理無理！

そう思って、父に「私にそんな仕事は無理」と訴えて説得して、それで「１０４《いちれいよん》の番号案内」の部署に替えてもらいました。

昔は１０４番にかけると女性が出て、お店や会社の電話番号を教えてもらえましたよね、あのお姉さんです。

子供の時から電話帳を引きまくって、森下選手にも引いて、それでとうとう１０４のお姉さんか……。私の人生、ずっと電話がらみだなと思いつつ、大学４年間１ページも漫画を描いてこなかった私が悪いな、と会社に「親のコネ」で入ることを受け入れざるをえませんでした。

親に「このままじゃ、せっかく高い金はろうて大学行かしたのにプータローじゃプータロー！」と言われ、「いや、漫画家って、プータローがなるもんだから……プータローじゃないと描く時間取れないから……」と力無く口答えしつつも、まあ、描いてないやつに説得力も何もないわけで、とにかく私は大学卒業してすぐの４月から宮崎のＮＴＴにお勤めを始めました。

でも、このＮＴＴ勤めの経験がなかったら、今の私はなかったと思います。

３年半ほど働きましたが、本当に社会勉強になったし、会社とはどういうところか、働くとはどういうことか、子供だった私が大人になれた場所でした。何より、働くことってこんなに大変なんだと、ドラマとか漫画で見ているのとは全く違う、現実の大変さを知りました。

もちろん会社の皆さんは宮崎の人なのでみんないい方だったし、トラブルを協力して乗り越えた時の喜びも味わえたし、会社帰りに飲みに連れて行ってもらったり、懇親会の幹事をしたり、そういう楽しさもありました。

ただやはり、会社勤めというのはなかなかしんどいなというのが本音でした。ミスが許されない世界、自分がミスをすると誰かに迷惑がかかる、そういう緊迫感に耐えられないタイプの人間というのはきっとたくさんいて、私もその一人でした。向いてないな、と思いながら3年間働いていました。

まあ、私の世代は、子供の時からテレビで『釣りバカ日誌』ばっかり観てたので、会社も楽しそうだなと思ってたし、ハマちゃんみたいな気楽で面白い、会社をサボってばかりのサラリーマンもいたりして、な〜んて思っていたのですが、全くいませんでした……（当たり前だ）。

ちなみに、「釣りバカ」の主人公・浜崎《はまさき》伝助《でんすけ》は宮崎出身という設定なんですよ。

私は意外と気にしいというか、他人に対しては細かいことが気になるくせに自分は細かいことが苦手という、どうしようもない新人で、パソコン作業も苦手だし……で、当時の上司のみなさんにもご迷惑をたくさんかけました。

電話番号がずらっと表示されたパソコンのモニター前に座り、１日１０００件以上のコールに出て、電話番号を調べてご案内するわけですから、毎日いろいろありました。面白いこともありましたし、お礼を言ってもらって嬉しいこともありました。ヤバいお客様もたくさんいました。

でもそれも30年近く前の話です。今は、ネットですぐに番号が調べられるようになったから、番号案内業務というのはかなり規模が縮小されて、主にお年寄りの方が使うサービスになっているのかもしれませんね……。

まあとにかく、漫画家になろうと宮崎を出たのに、４年であっという間に宮崎に戻ってきて、よりによって朝から晩まで電話を受ける仕事に就くなんて、本当に私ってなんなんだろうと思いました。

しかしそのおかげで、やっと重い腰を上げて漫画を描き始めることができました。描かないくせに漫画家志望、という、漫画業界ではいちばんダメとされるヤツだった私が、今、漫画の仕事で食べていけてるのは、間違いなくこのＮＴＴでの会社員経験のおかげだと思っています。

だから今、夢を追っているけれど全く関係ない仕事をしている若者に、大丈夫だよってエールを送りたいです。

金沢美術工芸大学美術科油画専攻に通っていた頃。19歳くらい？　この頃からジャージばっかり着ていた

アキコ漫画家デビューか？　留守電事件

NTTで番号案内のお姉さんをやりながら、やっと漫画を描き始めた私は、ゴールデンウィーク休みにほんの数日で一気に描いた雑な漫画を、図々しくも「ぶ～け」編集部に送りました。

もちろん、デビューできるなんて思っていないし、それで賞金を貰おうだなんて思ってもいません。とりあえず、漫画スクールにこれから何回も何回も、なんなら30回くらい投稿して、そしたらデビューさせてもらえるかも……と思い、その1回目として、下手でもいいやということで送ったのです。なんの期待もしていませんでした。でも、漫画スクールに小さくでも名前が載れば、敬愛する「ぶ～け」に名前が出るというだけでめちゃくちゃ嬉しいだろうな、くらいの楽しみはありました。

投稿して、しばらくして、会社が終わりヘトヘトになって家に帰ると、父が電話の前のリビングテーブルに座って、『世界ふしぎ発見！』（TBS系）の海外旅行プレゼントの応募先のメモかなんかを何かに書き写していました（健一は必ず「ふしぎ発見」のエジプト旅行とかをメモしてましたが、ハガキを送るのは見たことがありません）。

「ただいまー、晩御飯なんかある？」とか言いながら父の横を台所に抜けるために通り過ぎようとしたとき、父が（注　父も同じNTT宮崎支店に勤めています）、

「アキコ選手〜俺もさっき会社から帰ってきたんじゃけどねえ、留守電聞いたらば、東京のなんとかってとこから留守電入っとったけど、東京弁で早口で何言っとるかわからんから消したど」


……は？


ちなみに、「東京」というワードが父の口から出るのは、『東京ドドンパ娘』を歌うときくらいのもんで、親戚カルテルだって、東京にいるのは大学生やってる従兄弟くらいです。しかしその従兄弟から電話なんてまず来ないし、……ってことは？

「お父さん、東京の……誰って言ってた？」

「いや、わからん！　なん言いよっとか知らん！　早口で！　わかりゃせん！」

「あ、そう。なんか、なんか言ってなかった？　会社名とか」

「んー？　いやわからんけどなんか東京のシュウエイシャとかなんとか言っとるけど、早口で訳がわからんからええい消してしまえと消したわけですわ」

「集英社あああああああああ!!？」

私はもう、半狂乱です。「なんで消したと!?　消す必要ないでしょうがあああ、ちょっと、ねえ、なんて言ってた？　なんって言ってた？　はあ？　つーかなんで消す？　集英社て聞き取れてるじゃんかよおおおお」

「なんねシュウエイシャてなんの会社ね」

「漫画の会社やろがいいいいいいい」


まあ、父は、消してしまったんですよ！　集英社からの留守電を！

私も漫画スクールウォッチャー歴が長いので、電話が来るってことは、佳作以上だってことはもう、シュウエイシャのシュの時点でわかってるわけですよ。

なぜ、消す？


うちの父にはそういうところがあって、ジャッキー・チェンの『少林寺木人拳』にハマって弟がコツコツ作ってたトンファーも、「作品の方向性が見えない」と言って、庭で燃やしたんですよね、なんか、「無」にしようとするんですよ。
あと、そもそも、電話局勤めの人間として、電話の重要さ、この社会において電話が司る役割、それをいちばん身近に感じながら仕事をしている、そんな父が、なぜ消す？という……。

私は怒り狂ってバーンとドアを閉めて自分の部屋に入って、部屋のクッションを蹴ったり殴ったり、ひとしきり暴れたあと、「まあ、留守電だし、賞の詳細とかまでは録音されてないか……。ちょっとキレすぎちゃったかな…まあいいや明日電話してみよう……」と、気を取り直しました。

次の日、会社から電話しました。会社の1階のピンク電話から、「ぶ〜け」の裏表紙に載っている電話番号に電話をかけました。旭化成にかけた時と同じくらい手が震えました。
その電話で、『かくかくしかじか』にも出てくる梅岡さんという編集さんに、私がその月のトップ賞的なものを取ったと教えていただきました。ところが、「やった、漫画家デビューだ！」と大喜びしようとしたところで、「でも絵が雑すぎて印刷に堪えうるものではない」と言われ、デビューはもう一本描いてから、ということになりました。

その翌月、すぐにもう一本描いて、それがデビュー作となった『フルーツこうもり』です。

当時、毎日仕事をしていた宮崎の電話局をそのまま舞台にして、ここの電波塔にコウモリが寄ってくるんだって、という先輩の話を基に作った、その頃の私の生活そのままの作品です。あんな、地味で、面白くもない、宮崎弁で言うところの「なんとんしれん漫画」（注　なんにもならないしょうもない漫画の意）に賞を下さるなんて、「ぶ～け」以外の雑誌じゃありえないな。私は「ぶ～け」に投稿したから運良く拾ってもらえたんだなと、あの廃品回収の日の出会いにご縁を感じました。

いや、廃品回収の縁とか言って……申し訳ありません。

もっと、素敵な出会いだとよかったのですが……。ふと本屋で表紙が綺麗で手に取った、とか。

でも私はあの時、1年分の「ぶ〜け」をまとめてあの道っぱたに置いてくれた会ったことのない「ぶ〜け」読者の、漫画好きのお姉さんですかね、その人に感謝していま す。たぶんご近所の方で、しょっちゅうどこかですれ違っていたでしょう。

携帯電話の時代がやってきた！　空港ライナー遅延事件

昔の恋愛話などしてお恥ずかしいのですが、私がＮＴＴに勤めている時は、金沢に大学時代からの遠距離恋愛の彼がいたので、数カ月に一度、会いに行ってました。私が22歳の頃の話です。

その頃、会社では、ＮＴＴドコモと提携して携帯電話を売る業務が始まり、会社の壁には大きな大きな、「売るぞ！　ムーバ！　キックオフ！」というスローガンが貼ってありました。

今思うとすごいのですが、ドコモのムーバ（携帯の名前です）のＣＭは、ハリウッドスターのブルース・ウィリスがやっていました。

私も会社の関係で携帯を持つようになり、自分が携帯電話なんてモノを持つ人間になるとは思わなかったなあと思いつつ、売るためにも使って仕組みを理解しないといけないなと思い、頑張って勉強していました。

「ｍｏｖａ」……ＮＴＴドコモが提供した第２世代携帯電話サービスとその携帯電話機の総称。１９９１年４月にサービスを開始。その後、第３世代「ＦＯＭＡ」が登場したため、２０１２年３月に終了した。

23歳の冬だったでしょうか。なんとか休みを取って、お金を貯めて飛行機に乗って、金沢の彼に会いに行くことになりました。高いお金を使って行くわけですし、それはもう綿密に計画を練って、その日のために毎日働く、という感じでした。会えない数カ月間は、その日を本当に楽しみにしていました。

その日は会社が終わってから、金沢に行くために宮崎空港へ直で向かう計画でした。会社のすぐ近くが宮崎駅だったので、そこから出ている空港へ向かう「宮崎空港線」という、いわば空港ライナーみたいな電車に乗って行けばすぐです。その日、会社が終わって、荷物を持って駅にダッシュし、空港ライナーに乗りました。1両か2両だけの電車だった気がします。

電車に乗って一安心、飛行機のフライト時間には間に合うな、とウキウキしながら窓の外を見ていたら、突然、田んぼの上の変な場所で電車が止まってしまいました。すぐに動き出すかと思ったらずっと止まったままです。しばらくして故障のアナウンスが流れました。

「えっ、故障……!?」

車内には十数人、大人が乗っていました。

飛行機は、確か夜7時くらいの大阪の伊丹空港行きの最終便だったと思います。車内の人たちはみんな、出張に来たサラリーマン風の男性たちで、若い女の子は私一人でした。

電車が動かないので車内がざわつき始めました。空港ライナーなので、羽田空港行きの東京モノレールのように地上からずいぶん上に、橋のようになっている線路を走っていて、降りることもできません。空中で止まってるような感じです。

10分くらい経った頃でしょうか。フライトの時間がだんだん近づいているので、みんな焦り始めて、「どうするんだ、これ、飛行機遅れちゃうよ！」という声が聞こえ始めました。みんな東京弁でした。携帯を持っているサラリーマンふうの人が、航空会社に電話をしているようでした。

「クソッ、自動音声しか出ない！」

と怒っています。

私は１０４で、全ての航空会社の予約の番号、フリーダイヤルもそうでないものも、全部暗記させられていたので、航空会社の番号はもちろん分かっているのですが、今のこの電車が止まっている状況、これをフリーダイヤルにかけても何にもならんということも知っていました。台風の時期になると、１０４に1日何十件も来る問い合わせと苦情の電話、それがこの、「飛行機に乗り遅れそうなんだけど、フリーダイヤル以外の番号ないの!?」でした。

もちろん、こういう場合に電話するべきフリーダイヤル以外の番号はあり、その番号も、私は知っていました。大きな声では言えないのですが、こういう場合は空港の航空会社の事務所的なところに直でかけるしかないのです。その番号はほとんどの人は知りません。

よっぽどの緊急事態時にだけ教えていいよ、と言われている秘密の番号でした。

もちろんそこにかけても、先方の答えは決まっているということも知っていました。

「飛行機は予定時刻通りに離陸します」

それが航空会社側の決まった答えです。それしか言っちゃダメなのです。

電車が止まっちゃったのよ、と電話しても、飛行機を止められないことも知っていました。年がら年中、それで怒った人が電話をかけてくるし、それに応対するマニュアルも決まっていました。


しかし！　この時ばかりは、この怒って焦って電話をかけてくるお客様の気持ちがよく分かりました。初めて自分がその立場に置かれてしまったのです。

無駄だと知りつつ、空港の例のヒミツの番号にかけてみるか……と自分の携帯で電話をして、「あの、いま空港線の電車が故障で止まってるんです！」と訴えていると、サラリーマンたちが集まってきました。

「フリーダイヤルじゃないとこにかけてるの!?　人が出てるの？　人と話せてる？」

「そいつに電車が故障で止まったって言って！」

私はその人らを手で制しながら、航空会社の人に「あの、この止まってる電車に、いま、十人以上乗ってて、多分みんな同じ便かなと思うんですけども」と説明し、サラリーマンたちに、「えーとみなさん、みなさん何時の便ですか!?」と大きい声で聞きました。

　サラリーマン達はみんな「7時の大阪行きだ！」と、叫んでいます。

　もちろん航空会社は、「飛行機は予定通りに離陸します」と決まった返事をします。わかっちゃいるけど、じゃああたし達どうなるの！　乗り遅れたら、あたし今日金沢行けないじゃん……！

　その瞬間、サラリーマン達の中の、リーダーサラリーマン的なメガネの男性が私から携帯を取り上げて（見た目は松重豊さんがメガネをかけたような感じの、背の高いロングコートのサラリーマンでした）、

「こんだけの人がＪＲのせいで足止め食らってんだから、飛行機のフライト遅らせるくらいしなさいよ！」

　と、強い口調で抗議し始めました。

　周りのサラリーマンたちもみんな顔見知りではなく一匹狼出張リーマンだと思うのですが、「そうだそうだ！」と頷いています。

みんな絶対にこの飛行機に乗らないといけない事情があるのでしょう、分かります。宮崎にもう1泊するわけにはいかない、みんな焦りと怒りで顔が遠藤憲一さんみたいになっています。

私はもう一度電話を取り返し、「あの、そちらから飛行機か、管制塔か知りませんけど、こういう理由で遅れてる人たちが沢山いるって言ってくださいよ」とお願いしました。

しかし向こうは、「とにかく手荷物検査も含めてギリギリまでお待ちしますので、フライト時間にまでは来ていただければギリギリで入れますから」としか言いません。「空港に着いたら、みなさんでダッシュで走ってきてください」と。「ダッシュで走れ」、本当にそう言ったんです。

私はその旨を軍団に伝えました。当然みんな「ひどいな！」「20分くらいずらせるだろう！」「電車はまだ動かないのか！」などと口々に文句を言っていたら、なんと電車が動き始めました!!

「動いた！」

しかし時計を見ると、フライトまでかなりギリギリです、電車はまだ空港より随分手前の田んぼの上です。7時のフライトなのに、7時に電車が空港に着くんじゃないか、というような地点にいました。

宮崎の地理が分からない都会のサラリーマン達が私に聞いてきます、「間に合う?」。

私が「いやー、ちょっと厳しいかな……でもまあ、電車着いたらみんなで、走ってきてくださいって言われたんで、走ってったら、ちょっとくらい待っててくれるとは思うんですよね」みたいなことを言ったら、みんな、「そうだな」みたいな感じになり、そうこうしているうちに、電車が宮崎空港駅に着きました。

「よし、行こう!」リーダーサラリーマン松重豊がみんなに声をかけ、プシューとドアが開いた瞬間、全員がダッシュをかけました!　みんな出張なので1泊程度のボストンバッグだけ、スーツケースを持っている人はいません。

しかし私は、そこそこ大きい旅行用バッグにたっぷり冬物の服と彼氏へのお土産を詰めていたため、宮崎空港駅のホームを走り出した瞬間、そのカバンの重みに引っ張られて、

ズシャアアアアアア!!!「うぐああっ」

と、もう、こんなに派手に転ぶことがあるのかというくらいの勢いで転んでしまいました。あまりの音と、私のヒキガエルを潰したような声に、少し先を走っていた軍団がみな振り返ります！

その瞬間、私は、倒れたまま、血が出た右手を広げて彼らに向け、

「行ってくださいいいいい‼」

と叫びました。

私が転んだことで全員が乗り遅れるわけにはいかない、私はもう、ここで、諦めました、もうダメです、でもみんなは飛行機に乗ってください‼　という気持ちで、

「行ってくださいいいいいあああ〜〜〜‼」

と叫んだのです。

その瞬間、リーダー松重豊が、長いコートをなびかせながら、ほんの一瞬だけ足を止め、ふりかえり、振り返り、いやもう足も止めてないのか……走りながら私に向かって叫びました。

ダダダダダ
俺が飛行機止めていてやるから!!!
私にかまわず行って下さい!!!

「俺が飛行機止めといてやるからあああ!!」

そう言って全力疾走で走っていきました。

ほかのリーマン達も私に後ろ髪を引かれる思いもあったでしょうが（転んで血を出してる若い女の子を放置していくわけですから）、しかし、みな全力で走っていきました。


諦めた私がよろよろと立ち上がると、膝に激痛が走りました。ジーパンが破れて膝を擦りむいて、血が出ていました。

「うっ……」

泣きそうになったその時、おそらく航空会社の職員とおぼしきお姉さんが、空港の方から走って駆け寄ってくると、私を抱きかかえて、「頑張って！　歩ける!?」と、私を空港に連れて行こうとするのです。

「えっ、まだ……ゲームオーバーじゃない…の…？」

私は涙を堪《こら》えてよろよろと歩きました。

7時は過ぎていました。でもお姉さんは私を搭乗ゲートまで連れて行きます（ちなみに宮崎空港のゲートは入り口から近いのでそんなに歩きません。大変なのは駅のホームから空港に行く間です。私はそこで転んでます）。

ゲートに着くと、なんと、飛行機はまだ飛び立っていませんでした。私は別の職員さんに手を引かれて、安堵と痛さで泣きながら飛行機に乗ると……。

さっきまで一緒だったサラリーマン軍団が…そう…機内の座席あちこちに座っている同志たちが、私を拍手で迎えてくれました。

「頑張った！」

という声も聞こえました。

松重豊リーダーと目が合いました。

リーダーは、右手の親指を立てて、私に、ｇｏｏｄ！　という感じでハンドサインをくれました。そして、私が涙を拭いていたらなんか知らんけど、前の方のいい席に座らせてもらえました。


たぶんですけど、あのリーマンイケおじ軍団が飛行機にダッシュで間に合って、「女の子が一人転んじゃったから飛行機待ってくれ、そんで誰か助けに行ってくれ!!」と頼んでくれたんだと思うんですよね。

私が転んだあそこで、もしみんなが「あららら大丈夫？」って感じで私にかまっていたら、飛行機に間に合ってなかったんじゃないかな、と思います。ビジネスマンって判断力がさすがだなと思いました。

あの温かくも、今、冷静に考えると、全員ちょっとおかしくなってたよね、という拍手、一生忘れられません。

チキン南蛮のムネモモ論争について

みなさんご存知だと思いますが、宮崎にはチキン南蛮という名物料理があります。卵の衣をつけて揚げた鶏肉を甘酸っぱいタレに沈めて、タルタルソースをたっぷりかける、とても美味しい鶏肉料理です。

私は宮崎に住み始めて、宮崎の人たちがチキン南蛮でディスカッションしているのを毎日のように目の当たりにしました。

「あの街に新しくチキン南蛮の店ができたらしい」

「あの喫茶店のチキン南蛮が美味しいらしい」
「いや課長、あのうどん屋さんのチキン南蛮が美味しいですよ」
「よっしゃあ、試合の前にチキン南蛮弁当を買いにいこう」
「お前ら、生徒会選挙の開票作業終わったらチキン南蛮出前で取ってやるから頑張れ」

とにかく毎日誰かが「チキン南蛮」という言葉を口にする、それが宮崎でした。

宮崎に引っ越してきて、初めてチキン南蛮を食べた時、私は本当に感動しました。世の中にこんなに美味しい食べ物があったのかと、ステーキより、ハンバーグより、お寿司より、絶対にこっちの方が美味しい、宮崎すごい！　そう思いました。

ちなみに宮崎では、チキン南蛮に使う鶏肉が、「胸肉」なのか「もも肉」なのかで好みが分かれます。家庭でも手料理で作るかたが多いのでどちらの肉を使うかという話になるのですが、私は自分で作るときは胸肉が扱いやすく、味もさっぱりしていて好きです。

しかしお客さんに出すときは、ムネ、モモ、両方で作ります。「なんだ、この家ムネか」と思われるのを防ぐためです。

最近は、宮崎のお店はモモ肉がほとんどかなと思いますが、昔はムネの店もありました。チキン南蛮発祥のお店は、確かムネだったと思います。

ムネモモうるさいな、と思われると思いますが、宮崎ではこのムネモモ論争は昔から続いています。この20年くらいはモモが優勢な感じがします。でも私はムネ派です。

モモ派は、その中でまた「モモ皮あり派、モモ皮なし派」という派閥に分かれるという話もあります。私は皮なしのほうが食べやすいと思いますが。皮あり派の人には、私は出会ったことがありません。

宮崎は、カフェでも喫茶店でも、うどんそば店でも、洋食屋さんでも和食屋さんでも居酒屋さんでも、どこでもチキン南蛮がメニューにあります。

先日帰省した時に、両親と「あの○○っていう喫茶店に、久しぶりにチキン南蛮食べに行こう」ということになりました。念のためにそのお店に電話してみたら、お店の方に「チキン南蛮はあるけど、コロナの影響で、御膳に入って他のおかずも入ってるやつになってるとですよ」と言われました。

私「いや、他のおかずっていうか…チキン南蛮とライスがあればいいんですけど、チキン南蛮定食はありますよね？　食べログに載ってますけど…」

お店の人「チキン南蛮はあるんですけど御膳に入ってるんですよ！」

私「その御膳のチキン南蛮は量が少ないということですか？（悲壮な声）」

お店の人「そうなんですよ、コロナで…もうメニューを減らさんとってことになりまして、御膳に入れて」

御膳とチキン南蛮の関係性がいまひとつよくわからなかったのですが、宮崎でも新型コロナの猛威を感じた瞬間でした。

チキン南蛮

県外のかたは見ても区別つかないと思いますが…　我々には重要な問題なのです…

7　電話で漫画を読む時代

携帯電話で漫画を読む時代

宮崎でＮＴＴに勤めるかたわら、夜の空いた時間を使って漫画を描き始め、無事に漫画家になれた私は、コメディ漫画を中心にじゃんじゃん漫画を描いて、「ぶ〜け」の後に創刊された「Cookie」という新雑誌で、月刊連載もさせてもらえるようになりました。

漫画の仕事が忙しくなり、担当編集さんに「東京か大阪に出ておいで」と言われるようになり、２０００年、25歳の時に会社を辞め、宮崎から大阪に引っ越して、本格的に漫画一本で食べていく生活を始めました。

その頃から携帯電話にカメラが付いたものが発売され、携帯電話は機種変更するたびにどんどんバージョンアップしていきました。

そのうち、なんと携帯電話の画面で漫画が読めるようになりました。

知り合いの編集さんが、そういった漫画配信のデジタル部署に異動になった、という話もよく聞くようになりました。

私は最初、「携帯の小さい見づらい画面で漫画を読む人なんているわけないじゃん！」と思っていました。しかし実際に配信されている携帯漫画サービスを見て「え……？読めなくもないな…いや、読めるなこれ…漫画って、読めりゃいいもんなんだな」と驚きました。

ＮＴＴに勤めていた時に自分が携帯電話を売っていたこともあって、携帯の機種や機能や契約プランにもすごく詳しかったし、これから携帯がさらにバージョンアップして

いくことも知っていました。なので初めて携帯で漫画を読んだ時、
「あれ…？　もしかして、これ、とんでもない大革命が起きた瞬間なのでは？」
と、背筋がゾッとしました。

携帯コミック……2003年11月、KDDIのネットワークを利用して凸版印刷の関連会社が配信を開始。その後、すぐにNTTドコモ、ボーダフォン（現ソフトバンクモバイル）も参入。電話で漫画を読む時代に突入していく。

生まれた時から紙の本が当たり前で、みんな紙の雑誌や単行本を買っていた世界…当たり前の日常では、私たちと本の繋がりは本屋さんがメインでした。

学校帰り、仕事帰り、暇さえあれば本屋さんに行く。パラパラめくって自分好みの漫画や雑誌を物色する。書店員さんのおすすめポップを見て、隠れた名作を知る。人気漫画の巻数が多すぎて、お小遣い不足で買えなければ、持っている友達に借りる。友達と会う時、貸し借りしている本をバッグに詰めていく、やたら重い……そんな当たり前の「紙の本にまみれた生活」が……。

「いつか携帯で全ての漫画が読めるようになったら、みんな本屋さんに行かなくなっちゃったりして……はは、まさかね」

そして、私がちょこっと想像したその恐ろしい未来は、私の想像を超えた形で現実になりました。しかも思ったよりずっと早く……。

黒船その一――iPhone 登場　これはやばい

というわけで、ここまで子供時代、高校生、会社員時代、漫画家デビューまでのお話をさせていただきました。

楽しく漫画を描いていたら子供も産まれてママになり、あっという間に30歳になり、そうこうしているうちに、例のアレが発売されました。iPhone です。

私は震撼しました。

その頃、携帯電話で漫画を読む人たちはある一定数いましたが、それは「小さな画面での携帯読み」に向いている、見やすいタイプの絵の漫画であったり、高校生が読むティーンズ向けの少女漫画であったり、携帯読み漫画の系統というものがありました。

それに、大人の漫画ファンは、携帯読みはしておらず、まだまだみんな紙の本でしたし、携帯用漫画配信サイトも若い子だけが使うものでした。

小説のほうで思い出すと分かりやすいと思うのですが、あの頃は、「ケータイ小説が流行ってるけどあれは女子高生のもの、ケータイ小説と、本屋さんに並ぶ分厚い文学小説とはまた全然別物」みたいな雰囲気がありましたよね。

つまり漫画もそんな雰囲気でした。

しかし、そんな中、iPhoneが発売されました。

画面が大きく、見やすく、タッチパネルで操作性も良いという、とんでもない機械が私たちの生活に入り込んできました。

私はiPhoneを手にして
「ああ、これは完全にやばい」

と感じました。

漫画業界に生きる人たちの中では、誰よりも電話と共に生きてきた私、電話のお客様と漫画のお客様の両方の特性とニーズを知っている私だけは（偉そうですみません）、

「漫画の出版社が漫画をここに卸すようになれば、若い人はみんなここで漫画を読むようになるだろう……！」

そう思いました。しかし一方で
「いやいや、出版社がそんなことするわけないか♪　本屋さんとの長いお付き合いもあるしね★」

そんな風にのんきにも考えていました。

そして今、２０２３（令和五）年、結果はみなさんご存じの通りです。

スマホを持つ高校生以上の人間は、操作に不慣れなお年寄り以外、みんなスマホで漫画や小説を読むようになりました。スマホを持てない子供たちはまだ紙の本を買っていると思いますが、大人は漫画をスマホで読むのが当たり前になりました。

本屋さんに行く機会も減りました。よほどのことがない限り行かなくなりました。街の古本屋さんにも行かなくなりました。

私も、紙の漫画の初版部数が、どんどん減っていきました。『ママはテンパリスト』という育児漫画を出した時は何十万部も刷っていた紙の本の部数が、初版数万部↓3万部↓2万部くらいになりました。そのかわり電子書籍の売上がどんどん増えていきました。

もちろんいいこともたくさんありました。

私はスマホ時代になってからのほうが漫画や小説を読むようになりました。テレビで紹介されて気になった本をすぐに買って読めるし、移動中も寝る前のベッドでも、お風呂でもジップロックにスマホを入れて、とにかく毎日読書をするようになりました。

そして私は、あっという間にスマホ漫画に適応してしまいました。知り合いの漫画家さんには「やっぱり読む時は紙の本がいいよ」と言う人が多かったのですが、私は心の中で「スマホ読み最高」と思っていました。

もちろん、本屋さんの閉店の知らせを聞くたびに本当に悲しく、申し訳なく思う気持ちもありました。全国の書店員さんに手書きポップをたくさん描いてもらったから今の私があると思っていますし、色紙を飾っていただいたり、キャンペーンを組んでいただいたり、「絵が雑な少女ギャグ漫画」でしかなかった私の作品たちをメジャーに押し上げて下さったのは、全国の書店のみなさまのお陰だと本当に感謝しています。

今も書店さんのために色紙を描く時は全力で描かせていただいてますし、最近はコロナもあってサイン会を開催しておりませんが、またいつかやりたいです……。

だから、だから私を許してください…。

スマホで漫画を読むことに適応してしまった私を……。

裏ぎり者の名を受けて

すべてを捨ててたたかう男…

いま、これを書きながら頭の中に『デビルマンのうた』が流れてきました。

そして、私がスマホで漫画を読む人間になってしまってから数年後……。

iphoneを初めて手にしたとき…
え…マンガ読めちゃうじゃん……
便利だよ〜
初代→

漫画業界にさらなる黒船がやってきました。

誰も予想していなかった、この、電話&漫画っ子の私ですら予想してなかった、未知の黒船が……。

黒船その二――「縦スクロール漫画」襲来

スマホで漫画を読むのが当たり前になってきて数年経った２０１１年、私は韓国に旅行に行きました。

私はその頃、YouTubeを見て韓流スターやＫ－ＰＯＰにハマってしまい、韓国にそのスターの写真集を買いに行こうと思ったのです。

初めての韓国で右も左もわかりませんでしたが、ガイドブックに載っているお店で焼き肉を食べたり、本屋さんをのぞいたり、普通の観光客として楽しんで日本に帰りました。

それから時々行くようになり、だんだんと慣れて買い物をしたりサウナに行ったり、韓国が大好きになってきた頃、知り合いの編集さんに「東村さん、韓国にハマってるんだったら韓国の漫画の会社に見学に連れて行きますよ」と誘われて、特に興味もなかったのですが、なんとなく断れずに行くことになりました。

その時、既に韓国は縦スクロールの漫画が主流になっていて、私はそれを見て「えーっ、何これ」とびっくりしました。

漫画を教えている専門学校にも行きました。みんなフルカラーで縦スクロールの漫画を制作していました。

もちろん日本にも縦スクロールの漫画というものはありましたが、まだごく一部のコンテンツという感じで一般化はしていませんでした。しかし、韓国はもうそれがメインという感じでした。

韓国の縦スクロール漫画のことを「ウェブトゥーン」と呼ぶのですが、私はそのウェブトゥーンの会社の方に、「東村さんもウェブトゥーンやりましょうよ」と誘われて、またまた断れずに描くことになってしまいました。

なぜ描くことにしたかというと、韓国のウェブトゥーンサイトで漫画を発表したら、私の好きなアイドルの子たちが読んでくれるかも、と思ったからなんです。本当に最初はただの下心でした。

ウェブトゥーンはフルカラーで描くので、大変だと思われがちですが、私はアシスタントさんとみんなで色塗りする作業が楽しかったので、さほど苦にはなりませんでした。私は、日本で最初の韓国で縦スクロール漫画を連載する日本人漫画家になりました。

スマホで漫画を読む、という行為を超えて、スマホで読むことに特化した漫画を描く、という状況になってきたことに恐れを抱きながらも、「まあ、これは韓国だけの流行りかな」と思っていたのですが……。

3年も経つと、日本の若者たちが韓国のウェブトゥーンを翻訳したものを読むようになりました。うちの息子も息子の友達も、ウェブトゥーンの韓国作品の感想をよく話すようになり、講演会で行った中学校でアンケートを取ったら、みんな雑誌は読んでいないがウェブトゥーンは読んでいる、という結果になりました。韓国の漫画はとにかく絵が上手でカラーが美しいものが多く、ストーリーはキャッチーで分かりやすい、という感じです。

日本の漫画のような緻密さや重厚さ、文学性のようなものはないのかもしれませんが、なにせスマホでタダで読めるということもあって、私の周りの大人もどんどんハマっていきました。

そうなってくると、私はiPhone登場の時の「これはやばい」よりも大きな恐怖心に襲われ始めました。

「これは…将来的に縦スクロール漫画を読む人たちの方が増えてしまうのでは？」

ついこの前まで、紙かデジタルか、という議論を戦わせていたのに、あっという間に「横か縦か」という話になってきました。

もちろん日本では、従来の漫画のスタイルでヒット作もどんどん生まれていますし、そちらが今日現在もメインストリームなのは事実です。

ただ、iPhoneが登場してから、漫画を読むという行為が生活スタイルと共に変化していって、その変化にウェブトゥーンがカチッと相性良くハマってしまった感があります。

電車の中で、ご飯を食べながら、お風呂に入りながら、ちょっと軽く読みたい、暇をつぶしたい、そんな「暇つぶし」には片手でスイスイと縦にスワイプしながら読めるウェブトゥーンが好都合なのです。

もちろん、ウェブトゥーンが将来的にナンバーワンになるかどうかは誰にもわかりません。

なぜなら、これからまた携帯電話の形態が変化する可能性があるからです。

既に韓国で見開き型の3画面携帯が流行っていますし、日本でも最新の見開き画面のものを使う人を見かけるようになりました。

そうなると、縦スクロール漫画は合わなくなるかもしれません。

さらに将来、例えば横長のパノラマ画面の携帯が出るかもしれないし、もっと未来はSF映画のような空中にホログラフィーのように画面が浮かぶものになるかもしれません。

いや、Apple Watch のようにめちゃくちゃ小さい端末が流行って、そこでは漫画を読めなくなるかもしれません。

つまり、漫画の形式が電話の未来に左右される状況になってきているということなんです。

漫画と電話。

この二つがチャゲ＆飛鳥のように（違うか）、ペアになって進化していくことになるとは……。

文系は世界を動かす
理系は世界を変える

これはうちの息子の学校の先生が進路指導の時におっしゃっていた言葉ですが、漫画が電話によって形を変えていくことはもう止められないのかもしれません。

でも漫画は人の心を動かすことができます。

読む形は変わっても、読者の感動は変わらないと信じています。

電話に全て頼り切り

漫画家になって数年経った２００５年、29歳の時に、私は男の子を出産しました。３２００グラムの元気な赤ちゃんで、私もまだ若く体力があったので、1カ月だけ休みを取ってすぐ漫画の仕事に復帰しました。赤ちゃんを背負って原稿を描くことも多く、子育てと締め切りの両立でかなりしんどい思いをしました。

その頃まさに携帯電話がどんどん進化して、携帯電話で漫画を読むようになり、漫画と電話が一体化してしまいそうなことに戸惑いを感じていた私ですが、子供が成長するにつれ、困った時に携帯電話に頼ってしまうことが増えました。

当時から本当によくないなとは思っていたのですが、あまりに忙しすぎて、携帯に子守りをしてもらうこともよくありました。

携帯で動画を見せる、音楽を流す、ゲームをさせる。息子が携帯で勝手に自撮りをしたりして、面白い写真が残ってることもありました。

そんなふうに、漫画だけではなく、生活のいろんな場面で携帯が万能ツールとして活躍するようになりました。みなさんご存じのように、いつのまにか、写真、ビデオ動画、音楽、スケジュール帳、メモ帳、テレビを観ることも…全部が携帯ひとつで完結するようになっていきました。ゲームも、お絵描きも、目覚ましも、そして支払いまで……。

そう思うと、漫画は携帯の進化の波にうまいこと乗っかって、美味しい思いをしているメディアなような気もします。カメラ会社は iPhone のカメラの性能が良すぎてみんなカメラを買わなくなって大変だったでしょうし、ビデオカメラだって、もう以前のようには売れないだろうなと思います。音楽業界もストリーミングや聴き放題などで、スマホにイヤホンを繋いだり、車のオーディオに Bluetooth で繋いだりして聴けるようになってしまいました。漫画とはまたちがう形で、スマホに侵食された業界はたくさんあると思います。

それからまた、ＬＩＮＥなどの連絡ツールが発達して、電話なのに電話を使うことも少なくなってきました。

私は新しいものが好きなので、昔の電話を懐かしんだり、あの頃はよかったな、などと思わないようにはしているのですが、電話で誰かの元気な声を聞いていたあの頃と、ＬＩＮＥのスタンプで「元気だよ」がポンと送られてくる今と、どっちがいいのかなあと考えてしまうこともあります。

でも、今はテレビ電話でおしゃべりできるから、それがいちばんいいのかな。なんにせよ、電話の進化は私たちの住む世界の、私たちの半径１メートルを全て変えてしまった感があります。

先日、息子が、自分のスマホを水道にジャージャー浸けて冷やしていました。

私は驚いて、「ちょっ、ちょっ、なにやってんの!?」と止めたら、

「動画見すぎてスマホが熱くなってたから、冷やしてんの。完全防水だから大丈夫だよ～」と、言っていました。

スマホの進化がもう私にはついていけない段階に突入していると感じた瞬間です……。

あとがき

私には、今、高校3年生になる息子がいます。

『ママはテンパリスト』というエッセイ漫画で描いた「ごっちゃん」という赤ちゃんが、あっという間に18歳になりました。

彼は物心ついた時からスマホ世代iPhone世代なので、昔の電話を知りません。

彼にとって電話は、カメラであり、テレビであり、ラジカセであり、辞書であり、パソコンであり…。

電話…という意識は、ツールの順番としてはだいぶ後半の方なのかなと、見ていて感じます。お友達と話す時も、通話アプリのようなもので複数人で一度に話しています。

昔の電話はよかったなあ。

公衆電話で小銭握りしめて。

親が出たら慌てて挨拶して…。

そんな話をしたくなってしまう気持ちもありますが、今の電話もコミュニケーションツールとしては、いろんな人を助けて、昔よりもっともっといろんなドラマを生んでいると思います。

漫画はどうでしょうか。

息子はよく漫画を読んでいます。紙の本ではありませんが、スマホで楽しそうに漫画を読む姿は、子供の時の私たちと何も変わらないように思えます。

電話がハードで、漫画がソフト

理系は世界を変える、文系は世界を動かす

電話という人と人が繋がるための機械が、情報ツールになり、映画やドラマを楽しむ画面になって、どうやらその中に漫画も取り込まれそうな世界で私がやるべきことは、結局変わらないんだなと、息子を見ていると思います。

私のやることはずっと一緒、面白い漫画を描いて、みんなを笑わせたり元気にしたり。

それを電話というツールでみんなに届ける、そんな時代になったことに、私としては何も異論はありません。

私が子供の頃、家の電話のベルが鳴り、重たい受話器を耳にあてて、電話の向こうから聞こえる「もしもし？」という声。

「もしもし？　アキコです」

その瞬間の少しドキドキした気持ち、よく覚えています。

親戚やお友達の、

「おーアッコちゃんか！　元気？」

という元気な声で、嬉しくなって「元気だよ！」と答える。

私は電話が大好きでした。

そして漫画も大好きでした。

このエッセイは、そんな私の、電話と漫画の幸せな思い出を時代と共に記録しておきたいなと思って書き溜めたものです。楽しんでいただけたらぜひ、電話で…いや、ＬＩＮＥでもなんでも、お好きなツールでお友達に勧めてください（笑）。

東村アキコ

２０２３年６月

この作品は書下ろしです。

東村アキコ（ひがしむらあきこ）

漫画家。1975年、宮崎県生まれ。

'99年、「フルーツこうもり」でデビュー。『ママはテンパリスト』（全4巻／集英社）が100万部を超えるヒットとなり、若い女性を中心に人気を集める。2010年、ファッションをテーマにした『海月姫』（全17巻／講談社）で第34回講談社漫画賞、'15年、自身の半生を描いた『かくかくしかじか』（全5巻／集英社）で第8回マンガ大賞、第19回文化庁メディア芸術祭マンガ部門大賞、'19年、『東京タラレバ娘』（全9巻／講談社）で米国アイズナー賞最優秀アジア作品賞をそれぞれ受賞。'20年、『偽装不倫』（全8巻／文藝春秋）のウェブトゥーンなどへの功績によって、芸術選奨文部科学大臣新人賞受賞、同年、『雪花の虎』（全10巻／小学館）で第47回アングレーム国際漫画祭ヤングアダルト賞受賞。先駆的な活動で日本の漫画界を牽引するのみならず、韓国、米国、フランスを始めとした海外でも広く読者に支持されている。

もしもし、アッコちゃん？
漫《まん》画《が》と電《でん》話《わ》とチキン南《なん》蛮《ばん》
2023年 7 月30日　初版 1 刷発行

著　者　東《ひがし》村《むら》アキコ
発行者　三宅貴久
発行所　株式会社 光文社
〒112-8011　東京都文京区音羽1-16-6
電話　編 集 部　03-5395-8147
　　　書籍販売部　03-5395-8116
　　　業 務 部　03-5395-8125
URL　光 文 社　https://www.kobunsha.com/
印刷所　萩原印刷
製本所　ナショナル製本
DＴＰ　株式会社 Sun Fuerza

ISBN978-4-334-95388-1
JASRAC 出 2303990-301